装画　コバヤシヨシノリ
装丁　征矢武

目次

青春をクビになって

額賀澪
Mio Nukaga

文藝春秋

青春をクビになって

第一章 僕達は研究者です

「残念ながら、来年度は瀬川《せがわ》先生の契約を更新できそうにないんだ」

ああ――背中を小突かれるような落胆のあとに続いたのは、「やっぱり」と「なんてこった」の両方だった。

日本文学科の学科長である岸本《きしもと》教授に研究室へ呼ばれたときから、ぼんやり覚悟していた。非常勤講師が学科のトップに呼び出されるのなんて、碌《ろく》な理由ではない。

学生からの授業アンケートの評価が芳しくない。授業についてクレームが来ている。保護者が「うちの子の単位を何とか融通してくれ」と騒いでいる。溜め息が出そうな呼び出し理由はいくらでも思い浮かぶが、「来年度の契約更新をしない」は、やはり一番聞きたくない。

「僕、まだ三年目だったと思うんですが」

予想以上に非難めいた言い方をしていて、覚悟はしていても、受け入れられるかどうかは別だなと瀬川朝彦《あさひこ》は思い知った。誤魔化すように眼鏡の位置を直したら、岸本教授は大袈裟な咳払いを返してきた。

「でも、君の非常勤講師としての雇用は、一年契約だから」

こちらは違法なことをしているわけではないよ。そう言いたげに岸本教授は額に細い皺《しわ》を三本寄せた。買ったばかりの靴下に穴を開けてしまった――そんな顔で繰り出された言い訳がましい言葉に、朝彦はそれ以上とやかく言うのをやめた。

食い下がりたい気持ちは、もちろんあった。授業評価アンケートの結果だってそこまで悪くないですよね？　学生や保護者からクレームを受けたこともないですよ？　遅刻どころか、自分都合での休講だってしたことないのに？　大体、今の時期にいきなり「来年度は更新しない」なんて酷いじゃないですか。

だが、どれも言葉にならない。

「わかりました。三月までのあと半年、よろしくお願いします」

笑みまで浮かべて、本心とは正反対のことを口にする。恭《うやうや》しく会釈までして、岸本教授の研究室を出た。微笑《ほほえ》みはエレベーターで校舎の一階へ下りても、昼休みを迎えた学生達で賑わう中庭に出ても消えない。

夏季休暇が明けたばかりのキャンパスは、夏を思い切り楽しんだ大学生達のエネルギーで満ち満ちていた。すれ違う彼らは「あー、大学だりぃ」という顔をしながらも、声やたたずまいからソーダ水のような潑剌《はつらつ》さが滲《にじ》んでいる。

そんな彼らを微笑ましく眺めながら歩く自分はきっと、悠々自適に大学講師をしながら好きなものを研究して過ごす、呑気な研究者に見える。見えていてほしい。実態は、一方的に契約更新を断られたばかりの哀れな非常勤講師なのだから。

中庭を抜けた先、大教室の集まる校舎の一階に、非常勤講師用の講師室がある。講師室といっても非常勤講師に専用のデスクはなく、自由に使える大きなテーブルが四つと、パソコンが六台、一人に一つ小さなロッカーが与えられるだけだ。昼休みになると、テーブルの上で昼食をとる講師、学生のレポートをチェックする講師、パソコンで授業資料を準備する講師で混み合う。

空いている椅子に腰掛けたところで、朝彦は「参ったなあ」と後頭部を掻いた。頭皮が汗ばんでいる。指先にこびりついた皮脂を親指の爪でカリカリと擦《こす》りながら、もう一度「参ったな」と呟《つぶや》く。

「瀬川先生、どうしました」

近くの椅子に座っていた大石《おおいし》先生に声をかけられた。ずるずる、ずるずると、カップ麺を啜《すす》る音があとに続く。ツンと酸っぱい香りがただよってきたから、どうやら昼食はエスニック系のラーメンらしい。いつもカップラーメンの匂いを講師室に充満させる大石先生は、同じ曜日に出講する講師から陰で嫌がられていた。

「どうにもこうにも、最悪ですよ」

「学生か保護者から授業にクレームでも入った？　最近は本人じゃなくて親があれ

やこれや大学に文句を言ってくるから、困っちゃうよねえ」

ずるずるっ、ずるずるっ。麵を啜って、「辛い、美味《うま》い」と笑う大石先生の横顔は、悠々自適に大学講師をしている呑気な研究者そのものだった。しょっちゅう昼にカップラーメンを食べるのも、奥さんが健康に気を使った食事ばかりを作るから、大学では正反対のものが食べたいという理由からだという。

他大学で教授を務め、定年後にこの大学で非常勤講師となった大石先生の専門は近代文学だ。歳も大きく離れているし、古事記を始めとした上代文学を研究する朝彦とは専門も異なるのだが、温厚で人当たりもいい大石先生とは馬が合った。

「クレームなら、よかったですね」

「なるほど、それは最悪だね」

余生をのんびり非常勤講師として過ごしている大石先生と、キャリア形成の真っ最中である三十五歳の朝彦とでは、同じ非常勤講師でも全く事情が違う。だが、それでも同じ非常勤講師だ。大石先生は肩を竦《すく》めた朝彦から、諸々を察してくれた。

「まさか、今年度で？」

カップ麵を持ったまま、大石先生が朝彦の隣に移ってくる。朝彦はゆっくり頷《うなず》いた。

「瀬川先生はここで教え始めて三年じゃなかった？　僕より一年早いだけでしょ？」

「そうなんですけど、さすがに学科長に『五年ルールにはまだまだ早いじゃないですか！』とは聞けませんでしたよ」

学生からすれば、教授だろうと准教授だろうと専任講師だろうと非常勤講師だろうと、皆等しく「先生」なのだが、労働者としては大きな違いがある。

非常勤講師は契約期間が決まっている有期雇用で、立場としては契約社員みたいなものだ。朝彦の場合、大学との契約は一年ごとに更新される。

労働契約法では、有期雇用されている人間の労働契約が五年を超えて更新されると、無期労働契約へ転換を申し込める決まりがあり、「五年ルール」とよく言われる。同じ大学で非常勤講師として五年勤めれば、六年目に常勤講師への申込権を得る。一年契約が多い非常勤講師からすると、安定した職を得られる貴重な制度だ。

しかし、雇い主である大学からすると、そうほいほい常勤講師を増やしたくはない。だから、五年ルールが適用される前に契約を解除する「雇い止め」を行う——今日、朝彦が岸本教授から言い渡されたように。

「来年度からねじ込みたい講師がいるんじゃないですかね。僕より実績があるのか、強いコネを持っているのか、わかりませんけど」

大学の教授陣にとってどうしても来年度から引き入れたい講師が現れ、「今ちょうど瀬川先生が三年目だ。どうせあと二年で雇い止めなのだから、今切っても同じだろう」と白羽の矢が立ったのかもしれない。

非常勤講師とは、その程度のものだ。学生からの評判がよかろうと、無遅刻無欠勤で勤勉であろうと、しょせんはバイトと一緒だ。今更、扱われ方にいちいち傷ついてなどいられない。

「なるほどねえ。たまたま、雇い止めしやすいのが瀬川先生だったのかも」

「あと二年は大丈夫だろうと思ってたんで、ちょっと計画が狂いましたね」

「今から来年度の講師の口なんてある？　もうどこも募集は締め切ってるでしょ？」

非常勤講師の募集は年明けから春先にかけてが多い。今の時期は、もう来年度の講師の席なんて埋まってしまっている。

「難しい、ですよねえ……」

他大学でも非常勤講師として授業を持っているが、そちらも今年が五年目だ。来年の三月には雇い止めが待っている。それを見越して新しい非常勤の募集にいくつか申し込んだが、芳しい結果は出なかった。

このままでは、瀬川朝彦は「大学講師」という肩書きを失い、ただの研究者になる。

「大石先生、どこかの大学で非常勤講師の空きが出てるって話、持ってませんか？」

「ないなあ、古巣の大学も席は埋まっちゃってたはずだし。知り合いにちょっと聞いてみようか？」

「ぜひ、ぜひとも」

テーブルに額を擦りつける勢いで頭を下げると、大石先生は「期待しないでね」と顰《しか》めっ面とお茶目な笑みを混ぜこぜにして首を横に振る。

それでも、先生は人に取り入るのが上手い。この大学で非常勤講師になったのだって、日本文学科の教授陣に「老い先短いロートルに老後の生きがいをくださいな」なんて調子のいいことを言って、ちゃっかり働き口を得たのだという。きっと、それによって弾き出された若手の非常勤講師がいたはずだ。

「雇い止めかあ。ポスドクの辛いところだね」

麺を食べ終えた大石先生は、スープを少しだけ飲んで「女房が塩分を摂り過ぎるなってうるさいんだ」とこぼし、残りを流しに捨てに行った。

「ポスドクの辛いところですよ」

ポスドク。正式名称はポストドクター。日本語にすれば博士研究員。大学院へ進み博士の学位を取得した後、大学や公的研究機関で研究に従事する者。将来有望な若手研究者。大学教授になるような優秀な人材の卵。世間からはそんなふうに思われていて、きっと辞書を引けば似たような説明がされている。

許されるなら、その辞書に「大学院まで出たのに将来が見えない。その多くが非正規雇用」と書き加えたい。

朝彦もかつて渋谷にある国文学で名高い私立大学に研究員として在籍していた。月二十万ほどの給与をもらいながら二年ほど研究をしたが、契約が切れてからは都内の大学を渡り歩いて非常勤講師をしている。

授業は一コマ九十分。もらえる給料は八千円ほど。朝彦はこの大学で週三コマ、他の大学でも週三コマ教えているから、月収は二十万弱だ。ここから生活費と研究費を捻出し、社会保険料、年金、その他諸々の税金を納める必要がある。非常勤講師には、共済組合の社会保障や手当ては何もつかないのだ。

そして今しがた、来年の四月から月収がゼロになることが確定した。

一応、研究員として在籍した大学には研究生として籍は残している。大学から給料をもらって研究を行う研究員ではなく、その見習いという立場だ。別名・無給ポスドク。むしろ、大学に研究費という名目で月額一万円払っている。そうすれば学内の図書館や資料室を使う権利を得られるから、辛うじて研究を続けられる。

「瀬川先生、それじゃあ、またあとで」

授業で使うプリントと、学生の出席を取るためのカードリーダーを抱えた大石先生が講師室を出ていく。「講師の件、ぜひお願いします」としつこく念押ししそうになって、寸前のところで踏みとどまった。

年齢も立場もキャリアもさまざまな講師達が、午後の授業のために一人また一人と講師室を去る。昼飯を食べ損ねたなと溜め息をつき、朝彦も重い腰を上げた。

次の授業は日本文化講読だ。一年かけて古事記を読み進めていく授業なのだが、何度注意してもお喋りをやめないグループがいて、真面目な学生達は彼らの声量に反比例する形でモチベーションを下げていく。四月からずーっと、授業のたびに気が重い。

雇い止めの話をしても、大学時代からの友人である栗山侑介《くりやまゆうすけ》は驚きも憤りもしなかった。目の前を回送電車が通り過ぎるのを見送るように、ただ「へえ」と頬杖をつく。

テーブルの真ん中に置かれた七輪で、ハラミ肉の脂が弾けて小さく火柱が立った。

栗山がせっせとトングで肉をひっくり返し、ほどよく焼けたものを朝彦の取り皿に置く。これ、上ハラミだったよなあ……と、綺麗な焼き目を朝彦はぼんやり見下ろした。

「難儀なもんだな」

栗山のぼやきが、隣のテーブルに座る若者グループの甲高い笑い声でほとんど掻き消された。安いだけが売りの焼き肉チェーンは、学部生時代も院生時代も栗山とよく来た。かつてはあちら側でわいわい騒いでいた学生も、今は三十五歳のポスドクと、ポスドクから足を洗った三十五歳だ。二十歳の頃は喜んで食べた激安カルビは、いつの間にか胃もたれをするようになった。

「来年の四月から、どうするの？」

答えられるわけがなく、朝彦は完璧な焼き具合のハラミをひょいと口に入れた。

栗山は昔から焼き肉も鍋も〈上手〉だった。鼻につかない程度に甲斐甲斐しく手を動かし、周囲が気持ちよく飲み食いできるように気を配る、要領のいい男。

栗山と一緒に博士課程に進んだとき、彼のような人間はトントン拍子に出世していくのだろうと思った。

研究者にだって、出世するには要領のよさが必要だ。どんな論文を書いて、どんな評価をされて、どれだけ他の論文に引用されたり参照されたりしたか。そんな研究者としての真っ当な評価軸に加えて、上司である教授陣や大学の職員と上手くコミュニケーションを取れて、雑用をにこにこと引き受け、鬱陶しくない程度に〈使える奴〉として立ち振る舞えるかというポイントがある。

会社員と一緒で、結局は組織に属する一人の労働者なのだ。上司から可愛がられる人間は、軽やかにキャリアを重ねていく。

「うーん、うん……ど、どうしようか」

肉を飲み込んで絞り出した声は、思ったより途方に暮れている。栗山に比べたら〈使える奴〉でもないし、目上の人間から可愛がられるタイプでも、特別目立つタイプでもないとは、わかっていた。

「どうしようもなくなったら、瀬川、うちの会社でスタッフ登録する？」

仕事の連絡でもあったのだろうか、スマホを一瞥《いちべつ》した栗山が、わざわざ自分の会社のウェブページを見せてくる。可愛すぎず格好よすぎず、でも洗練されたデザインで「ラペーシュ」という会社名が表示される。

「さすが、社長様だ」

にやりと笑って、朝彦はメニューボタンをタップした。なんだか嫌味っぽい言い方になってしまったが、栗山は涼しい顔をしていた。

社長挨拶のページを開く。酷《ひど》く緑の眩しい公園の一角に澄ました顔でたたずんでいるのは、目の前でハラミ肉にかぶりつく栗山侑介だ。

「わお、語ってるねえ」

スマホを栗山に返す。代わりに栗山は新しい肉を朝彦の皿に置いた。

栗山は二年前に、ポスドクから、アカデミックの世界から、足を洗った。そのとき自分達は三十三歳で、「この歳で学部卒の子達と一緒に新人面するのもきついだろ」と苦笑いしながら、彼は唐突に起業した。

会社名はフランス語で桃を意味するラペーシュといって、レンタルフレンド――友達代行の人材派遣サービス会社だった。

結婚式や葬儀に参列する偽物の友人、一日限定で家族や恋人のふりをしてくれる人、一人では行きづらい場所へ同行してくれる人、ただの話し相手など、さまざまな理由から「人を借りたい」と思う人は多いらしい。ラペーシュの会社名を冠した登録サイトには何十人ものスタッフがバイト感覚で登録しており、利用者は条件にマッチする人材を探し、仕事を依頼するのだという。

正直、栗山から起業の話を聞いたときは「大丈夫か？」と思った。「このままポスドクでいるよりは、可能性があるかなって思うよ」と彼は笑っていた。

「儲かってる？」

「高笑いするほどは儲かってないな」

でも、ほんの二年前、栗山が朝彦と同じポスドクだった頃に比べて、彼は明らかに生活に余裕のあるたたずまいをしていた。少なくとも、学生御用達の焼き肉チェーン店で、ハラミと上ハラミから迷わず上ハラミを選択するくらいには。アカデミックの世界を去り起業するという彼の選択は、ひとまず成功したように見える。

大学の同期を見ていれば嫌でもわかる。学生時代はみんな一様に金がなかったのに、三十を過ぎるとあからさまに着るもの、食べるもの、そして表情や話し方に差が出る。金に余裕のある奴と、ない奴の差が。

「いよいよ困ったらやるかな、レンタルフレンド。需要があるかわかんないけど」

保険みたいに朝彦が言っても、栗山は「大丈夫だよ」と笑い飛ばす。網の上で肉がビリリと煙を上げて、栗山はそれをトングで摑んで朝彦の皿に置く。焼き加減もちょうどよくて、朝彦はちょっとだけ自己嫌悪に浸った。

「世の中にはさ、いろんな事情で友達代行が必要な人がいるんだよ。SNS映えする写真を撮るためだけに友達を借りたい人、ただ誰かと飯が食いたいって人、部屋の掃除を手伝ってほしい人、学生時代に友達がいっぱいいたんだって結婚式で見栄を張るために、何人も友達代行を依頼してきた人もいた」

「スタッフもこの一年で随分増えたみたいだし、トラブルだってあるだろ？」

「気が滅入るほどある。でも、雇い止めと隣り合わせの毎日よりはマシかな」

ちらりと朝彦を見て、栗山は注文用のタッチパネルを手に取った。「冷麵食べる？」と聞かれ、「ビビンバにするかな」と短く答えた。

「雇い止めと隣り合わせの人間を前によく言うよ」

「事実だろ」

注文ボタンを人差し指で軽やかにタップして、栗山は肩を竦めた。

わかっている。事実なのだ。栗山とは同じ大学で学部生時代を過ごし、同じ院に進み、修士課程、博士課程を過ごし、ポスドクとして何とか研究の道を模索した仲だから、無意味な気遣いも目障りなだけのオブラートもいらない。投げやりな気分で嫌味を言っても、ポテトチップを食べるように軽々と咀嚼《そしゃく》してくれる。朝彦だって、立場が逆だったら同じようにする。

「駄目元で、貫地谷《かんじや》先生にでも泣きついてみるよ」

長く世話になった母校・慶安《けいあん》大学の恩師の名前に、栗山が何か言いかけて、やめた。さすがの貫地谷先生でも、今から来年度の講師の口なんて融通できないだろ。そう言おうとしたのだと思う。

網に何ものっておらず、ただ炭だけがじわじわと燃える七輪を見つめながら、栗山はおもむろに朝彦の名前を呼んだ。

「大学にさ、小柳《こやなぎ》先輩が住み着いてるらしいよ」

まるで、痛ましいニュースを目にしたような顔で、恩師と同じくらい世話になった先輩の名を出す。

「小柳先輩が？　今、慶安大にいるんだっけ？　研究員やってるの？」

「いや、勝手に研究室を使ってるみたい。俺も後輩からの又聞きだけど、貫地谷先生が見逃してやってるんじゃないかな。あの人も、今や立派な高齢ポスドクだし」

朝彦と栗山が院生だった頃、小柳博士《ひろし》は慶安大文学部で研究員をやっていた。慶安大のＯＢでもあり、貫地谷先生の教え子でもあったから、同じ研究室に所属する同期達はみんな彼を「小柳先輩」と呼んだ。小柳の研究分野も朝彦と同じく古事記だったから、彼が研究員として在籍していた五年間は随分世話になった。

「……そうか」

あの頃、小柳は三十代前半だった。今の朝彦と同じように、ポスドクとしてキャリアを築いている真っ最中だったわけだ。あれから十年以上たち、四十半ばの小柳は未だに研究者としても大学教員としても立場を確立できず、ずっとポストドクターのまま……いわゆる高齢ポスドクになってしまったわけだ。

「貫地谷先生のところに行くついでに、小柳先輩にも会ってくるよ。もう随分ご無沙汰だし」

「都合ついたら三人で飲みに行こうよ。噂とは言え『研究室に住み着いてる』なんて聞くと、ちょっと心配だし」

先ほど注文した冷麺とビビンバを店員が運んできた。普通のビビンバにしたつもりが、栗山は石焼きビビンバを注文していた。普通のビビンバより、二百円高い。

何も言わずビビンバを平らげると、会計の際に栗山は思い出したような顔で「俺、払うよ」と財布を開いた。

「悪い」

レジを打つ若い店員の前で、朝彦は天井を仰いだ。意外と自尊心が傷つかなかったのは、やはり相手が栗山だからだと思う。

栗山が「焼き肉行こうぜ」と連絡してきたときから、ぼんやりと彼に奢《おご》られることを期待していた。「上ハラミ食おうぜ」と言った栗山に「いいね」と返したときも、シメにビビンバを頼んだときも、そう。

安く肉が食えるこの店を選んだのは栗山だったけれど、それすら、朝彦が「悪い」と言いやすいようにという配慮だったのかもしれない。

「結果として、雇い止めを慰める会だからな。会社の経費で落とすし、問題なし」

帰り際に店員が「お口直しにどうぞ」と飴玉が大量に入ったカゴを差し出した。栗山が無造作に二つ摘まみ上げ、一つを朝彦に投げて寄こす。

「お、グレープ味だった。そっちは？」

飴玉を口に放り込んだ栗山の横で、小さな包み紙を見下ろす。淡いピンク色の桃のイラストが描かれていた。

「ピーチだ」

「いいね。縁起がいいよ」

古事記を愛した者にとって、やはり桃は魔除けであり幸運の果実だ。黄泉《よみ》の国から逃げる途中、イザナギが黄泉比良坂《よもつひらさか》で追っ手である雷神に投げつけたのが桃の実だった。イザナギは桃の実に神名を与え、桃はオオカムヅミという魔除けの神になった。

栗山が会社名をフランス語で桃を意味するラペーシュにしたのも、そういうことだと朝彦は思っている。

「イザナギを助けたように、俺のことも助けてくれたまえ」

冗談で言ったつもりなのに、思ったより自分の声に切実さが滲んでいた。切実に決まってるだろ。生活がかかってるんだから。喉の奥で毒づいて、飴玉の包み紙を開く。作りものっぽい甘い桃の香りごと、ざらついた飴を口にねじ込んだ。


西武池袋線の石神井《しゃくじい》公園《こうえん》駅で下車する頃には、飴玉は影も形もなくなっていた。街道沿いを十五分ほど歩くと一軒のアパートに辿り着く。門扉やフェンスに蔦《つた》植物が巻きついていたり、モルタル製の外壁に波打つ湖面のような模様が入っていたりと、妙なところで洒落《しゃれ》ているのだが、何もかも古くて夏は暑く冬は寒い。

一階の角部屋に、朝彦は大学一年の頃から住んでいる。家賃五万の八畳のワンルームは、寝床と木製のデスク以外、ほとんどが本で埋まっていた。

二十歳の頃は余裕のあった本棚もいつの間にか本であふれ返り、入りきらなかった本は床に凸凹《でこぼこ》と積んである。趣味の読書のために買った文芸書や文庫本が三割で、残りの七割は研究のための本だ。訳者の異なる古事記や日本書紀が何冊もあり、大学の図書館から廃棄するからともらい受けた関連書籍も、同じ分野の研究者の論文をファイリングしたものも、大量にある。

古事記における表現と構想についての研究、古事記と日本書紀における神話の比較研究、古事記における婚姻の研究、神話における言語の研究、古事記と日本書紀の食文化考、古事記の穀物起源神話……最近目を通したものだけでも、これだけあった。

デスクに無造作に置きっぱなしになっていた論文を片づける。シャワーを浴びようかと考えて、そのままデスクで別の論文を読み始めた。デスクライト以外は明かりを点けない。一円でも、電気代を浮かせたいから。

論文の執筆者の年齢は小柳と同じくらいだ。彼と違い、この執筆者はすでに都内の大学で准教授の座についている。論文を読んでも、小柳が研究者として大きく劣っているとは思えないのに、不思議なものだ。運なのか、はたまたコネなのか。上手く行っている人間と小柳の違いは、一体何だというのだ。

それはそっくりそのまま、自分自身へ向けた問いでもあった。

研究に費やした時間も熱意も、それなりに胸を張れる量だった。論文だってほどほどに評価されている。そこからもう一歩上のキャリアへ行くための足がかりが、どこを探し回っても見つからないだけで。

運でもコネでも何でもいいから上手いこと這い上れる奴が生き残り、それ以外は淘汰されるだけ。わかってはいるが、直視したくない。特に、雇い止めを言い渡された今は。

こめかみをぐりぐりと両手で揉んで、朝彦は論文に向き直った。

朝彦は博士課程の頃からずっと「古事記における文学表現」に注目して研究を重ねてきた。およそ千三百年前、同時期に編纂された古事記と日本書紀だが、歴史書としての側面が強い日本書紀に比べ、古事記は神話や伝説を物語として記している。

——古事記は、日本文学の最初の一滴。

そんな話を、高校生の頃に慶安大学のオープンキャンパスで聞いた。模擬授業を担当していたのは貫地谷先生だった。読書が好きだから文学部に進学しようとぼんやり考えていた高校生の瀬川朝彦は、「日本文学の最初の一滴」という言葉に、奇妙なくらいのロマンを感じた。

古事記には比喩表現もあったし、オノマトペもあった。海水を掻き回す様を「こをろこをろ」と表現し、比喩表現の解釈次第で物語が大きく広がった。そこに込められた日本文学の源泉を探すのが面白かった。川底を攫《さら》って砂金を探す感覚や、土を一粒一粒払って化石を探し当てる感覚に似ていた。

そうやって、三十五歳になった。十八歳の自分が内見し選んだ安アパートに未だに住んでいる。今では朝彦が一番の古株だ。資料や論文を読むのと同じくらい真剣に、預金通帳を眺めることが増えた。

ほら、今だって、ふと視界に入った電気代とガス代の明細に手を伸ばし、スマホの電卓で今月の生活費を計算している。栗山が今日の焼き肉を奢ってくれて本当によかった。あれが割り勘だったら今月後半の食費が半分になっていた。

それでも、そんな毎日の中で、金《きん》を探し、新たな化石を掘り当てようとしている。

*

学部生時代に四年、大学院を修士課程の二年、博士課程の三年と、かれこれ九年過ごした慶安大学は、新宿と池袋のちょうど間にある。山手線の内側の割に、広大な敷地に緑の映える美しいキャンパスだと学生時代に思った。今も変わらず、正門から校舎へ続く並木道を学生達が闊歩《かっぽ》している。

慣れ親しんだ文学部の校舎は、数年前に新しいものに建て替わった。教室と廊下を隔てる壁はすべてガラス張りになっていて、授業の様子がよく見えた。

貫地谷先生の研究室はフロアの奥だった。白を基調とした明るい廊下を抜け、先生のネームプレートが掲げられたドアをノックする。その音まで、昔と違って気取った響き方をした。

どうぞ、という応対の声は、貫地谷先生のものではなかった。

「おう、瀬川、久しぶり」

小柳は、研究室の中央にあるテーブルで大量の本に囲まれていた。何年か前に研究者同士の飲み会で会って以来だが、大きく体形も変わっていないし、特別老けた様子も、逆に若返った様子もない。

小柳が酒に酔うと「俺は意外と目が可愛いんだぞ」とよく言っていたのを、ふと思い出す。確かに人のよさそうな愛嬌のある目をしている。栗山と「小柳先輩ってコーギー犬っぽいよな」と言い合ったことも、そういえばあった。

普段はここで貫地谷先生がゼミの授業をやっているのだろうが、小柳はまるで自分の研究室かのように「そのへん座りな」と朝彦に椅子を勧めた。

「お久しぶりです。先輩も元気そうですね」

「寄る年波には勝てませんよ。二十歳以上年下の大学生が眩しいこと眩しいこと」

笑いながら、小柳は棚に置いてある電気ケトルの中身を確認し、コーヒーを淹《い》れてくれた。十年以上前、朝彦が院生で、彼が研究員だった頃みたいに。

あの頃、小柳は頼もしかった。院生になったばかりの自分達より広い見識を持ち、資料の飲み込みも考察も深く、何度も彼と議論し、執筆した論文も必ず彼に意見をもらった。大学が所有する古事記の版本、それも、本居宣長《もとおりのりなが》が古事記研究を行うより前の江戸時代前期に書き写されたものを、まるでこれを持って生まれてきたみたいな顔ですらすらと読む小柳の背中は、研究者としての鋭さと崇高さを放っていた。

研究者としての自分の未来を想像するとき、ひとまず十年後は小柳のようになっていたいと、そう考えたものだ。

若かった瀬川朝彦には、現実の厳しさが推し量れていなかった。見えていなかった。

あの頃からすでに、小柳の進む道は危うかったのだ。

「貫地谷先生は？」

「入試課に呼び出された。先生、今年は学部の入試担当なんだよ。推薦入試やら何やらで慌ただしいみたいだ。ゆっくり待っててって言ってたよ」

紙コップを差し出され、礼を言って受け取る。ふーっと息を吹きかけると眼鏡が曇った。小柳がかけている眼鏡が、自分のものとほとんど同じデザインなことに気づく。

「小柳先輩は、今は慶安大で教えてるんですか？」

「いいや」

マイカップでコーヒーを飲みながら、小柳はゆっくり首を横に振る。

「非常勤で教えてた大学を一昨年に雇い止めになってから、さっぱりだ」

「じゃあ、研究員ですか？」

「全然募集がかからないの、瀬川だって知ってるだろ？」

その通りだ。理系分野ならまだしも、朝彦達のような人文系の研究員の募集なんて、なかなかない。

「じゃあ、慶安大で研究費を払って研究生をしてるんですか？」

「まあ、そんなところかな。貫地谷先生の恩情で、研究室と学内の資料を使わせてもらってるって感じだ」

ああ、住み着いてるという噂は本当なのか。落胆にも似た感情が、胸の奥で黒ずんで萎《しぼ》んだ。小柳の首を真綿で締めつけている気分になる。講師をしてるんですか？　研究員ですか？　研究生ですか？　そうやって、彼が息をする場所を一つ一つ潰している。

わかっていてこんな言い方をしてしまったのは、雇い止めを言い渡されたときの、岸本教授の額の三本皺を思い出してしまったからかもしれない。カップ麺を食べながら大石先生が呟いた「ポスドクの辛いところだね」という言葉を、栗山が奢ってくれた焼き肉の味を、思い出したからかもしれない。

「俺も非常勤講師をしてる大学が、来年の三月で雇い止めになりそうなんです」

「うわ、しんどいなあ。それで、先生に相談しに来たってわけか」

「未来が見えないですよ」

ふふっと笑って、紙コップに口をつける。ふと、小柳の手元を見た。貫地谷先生の蔵書に、大学の資料室から持ち込んだ資料、学内のプリンターで出力したらしい論文の束。小柳本人が使っているノートパソコンには、大学名の入ったシールが貼ってある。貫地谷先生から借りているのだろう。

「あはは、そうだな。とりあえず貫地谷先生にいろいろ愚痴ってみなよ。もしかしたら、俺みたいにタダでここに居候させてもらえるかも」

「居候って、さすがにまだ家は追い出されてないから大丈夫ですよ」

でも、せめて貫地谷先生が「僕の研究室にたまに来ていいよ」と言ってくれるなら、無職になっても研究は続けられる。自費で購入できる資料には限度があるし、大学が収蔵する資料にアクセスできなければ、研究者はそもそも研究できない。金を払ってでも研究生としてどこかの大学に所属していたい理由は、そこにある。

「でも、今が踏ん張り時ですよね」

呟いた瞬間、廊下から足音が聞こえた。ドアが開き、「いやいや、お待たせ！」と貫地谷先生が戻ってくる。綿菓子みたいな白髪は、昔も今も変わらない。

「悪いね。入試課の人達、話が長いんだよぉ」

入れ替わるように小柳が「じゃ、俺は昼飯食べてきまーす」と席を立った。

「今くらいの時間がね、学食が空いてていいんだよ」

じゃあな、今度酒でも飲もうよ。朝彦に手を振って、小柳は研究室を出ていった。

コーヒーを淹れた貫地谷先生は、院生時代のように「さてさて、今日の相談はなんだね」と朝彦の向かいに腰掛ける。

「明け透けに言ってしまうと、先生に泣きつきに来ました」

雇い止めの話を詳しくしなくても、先生は事情を汲んでくれた。朝彦の話にうん、うんと頷き、その首肯は次第に色褪せるように小さくなり、最終的に目を伏せた。

「困ったなあ。僕のところにもさ、講師や研究員のなり手を探してるって話は今は来てないんだ。最近はさっぱりだよ」

「ですよね〜。来てるなら、真っ先に小柳先輩を推薦してるだろうし」

　でも、こうして貫地谷先生に泣きついておけば、いざ講師の話が先生の耳に入ったとき、小柳よりも十歳若い自分を推薦してもらえるかもしれない。そんな嫌らしい期待が、朝彦の喉元で渦を作っていた。

　ところが、小柳の名前を出すと、先生はあからさまに「参ったな」という顔をした。だから、聞くことにした。

「小柳先輩が、大学に住み着いてるって噂を聞いたんですけど」

「住み着いてるってわけじゃないけど、家に帰るのが面倒だって、最近はよくここに泊まり込んでるよ」

　先生が指さしたのは、壁際のソファだった。鼠《ねずみ》色の古びたソファの上には、薄いブランケットが一枚置いてある。

「いつから来てるんですか？」

「三ヶ月くらい前かな。研究費が払えなくて研究生の資格を剝奪されたって、相談しに来てくれてね」

　研究費の支払いが意外と苦しいのは、朝彦もよくわかる。食費や光熱費など、切り詰められるものを極力削って捻出する、なけなしの数万円だ。

　来月の食費を取るか、研究費を取るか……そんな選択を迫られる日は近いと、ぼんやり思っている。

「小柳君もうちのＯＢだし、研究員として頑張ってくれてたから、誤魔化し誤魔化し僕の研究室で好きにさせてたんだけど、いよいよ職員連中がうるさくなってきた」

ＯＢだろうと卒業してしまえば部外者だし、元研究員とはいえ、任期が切れてしまったらやはり部外者だ。学生のように学内の施設を使うのも、収蔵資料を使って研究するのも限度がある。

「さっきも、入試課での打ち合わせはすぐに終わったんだ。そのあと教務部の職員に捕まってね。そろそろ小柳君を追い出してくれと言われてしまった」

貫地谷先生の視線が、小柳が先ほどまで座っていた場所に移る。小柳の資料の中には、朝彦がちょうど読み込んでいる本もあった。そういう話をする空気に全くならなかったのが残念で、虚しいと思った。

二十代前半は、いつだって誰とだって研究のことで話が弾んだ。古事記、日本書紀、風土記、万葉集――文字を持たなかった日本人が、漢字の伝来と共に文字を手に入れ、それまで口述で伝えられてきた神話や伝説を〈文学〉として残し始めた時代に思いを馳せることで、一日が埋め尽くされた。

それが今はどうだ。小柳としたのは、ポスドクは未来が見えないという話だけだ。

「すいません、僕が泣きついていい状況じゃなかったですね」

「いや、瀬川君も大変なときだろうから、相談に来てくれてよかったよ。力になってやれなくて申し訳ない」

手元の紙コップは、いつの間にやら空になっていた。朝彦は白いコップを小さく折りたたんで、テーブルの下のゴミ箱に捨てた。

駄目元で来たんだからといくら思っても、腹の底で落胆している自分がいる。先日、大石先生から「ごめん、やっぱり講師の口は僕の守備範囲には全然なかった」と頭を下げられたから、余計に。

でも、それを言葉や態度には出せなかった。出せたら気分は少しだけ晴れて、貫地谷先生も「もう少しいろいろと当たってみるよ」と言ってくれるかもしれない。だが三十五歳にとってそれは、結構、難易度が高い。

研究室のドアがノックされ、学部生らしき男子学生が一人やってきた。借りていた資料を返しに来たようで、「来客中にすみません」とこちらに一礼し、本棚の前を無言でうろうろしたと思ったら、来るときと同じだけの本を抱えて研究室を出ていく。

「熱心な子なんだよ」

ふふっと笑った先生が、「卒業後は院進したいらしい」とつけ足す。目の奥が、少しだけ陰った。

「地獄の道だぞ、って言ってあげてください」

乾燥しきった自分の笑い声に、寒気がした。研究者の道は、茨を通り越して地獄。そんなの、ポスドクの鳴き声みたいなものなのに。

そうだとしても、十歳以上年下の学生に向かって言うことじゃない。先輩として、大人として、そんな背中を見せていいわけがない。

でも、現実はどうしたって地獄なのだから仕方ないだろう。こめかみのあたりに、呆れ顔で舌打ちをする瀬川朝彦がいる。

「小柳先輩もさっき言ってましたけど、先生も一緒に今度飲みましょうよ。栗山も飲みたいって言ってました」

「彼、会社を興したんでしょう？　面白そうな話が聞けそうだから楽しみにしてるって伝えておいて」

どんなに深刻な話をしても、どうしようもないという結論で終わっても、とりあえず「今度飲みましょう」と言えば笑顔でその場は終わる。

単純なようで、質《たち》が悪いな。そんなふうに思いながら、朝彦は研究室を後にした。

エレベーターで一階に下りたら、昼食を終えた小柳が戻ってきたところだった。

「おお、帰るのか」

「今度飲みましょうって、貫地谷先生も誘っておきました」

「いいねー」

朝彦と入れ替わるように、小柳がエレベーターに乗り込む。

「瀬川」

咳払いでもするように、小柳に名前を呼ばれる。エレベーターの扉が、音も立てず閉まっていく。

「お前は気をつけろよ」

肩を竦めて笑った、コーギーみたいな顔。かつて憧れもした一世代上の研究者で、今は高齢ポスドク。いや、大学に無断で居座っているから、研究者と胸を張っていいのかすら、少々危うい。

気をつけろよ。その意味を問いただす間もなく、素っ気なく扉を閉めたエレベーターは、無言で上昇していった。

小柳が大学所蔵の古事記の版本を盗んだと貫地谷先生から連絡がきたのは、それからたった一週間後だった。

＊

「窃盗なんてやる人かよ」

駅から大学までの道中、栗山は三度そう繰り返した。守衛所で貫地谷先生の名前を出し、一週間前と同じように文学部の校舎へ向かった。残暑の終わりを告げる冷たい雨に、校舎からこぼれるオレンジ色の照明が揺らぐ。

貫地谷研究室には、先生だけでなく見知らぬ職員が一人いた。年齢的に、どこかの部署の課長クラスの職員だろう。

「おお、栗山君も来てくれたのか」

目を丸くした先生とは対照的に、職員は「完全な部外者じゃないですか」と渋い顔をした。

「すいません。小柳先輩とは院生時代に親しかったんで、つい」

栗山は貫地谷先生に「お久しぶりです」と深々と一礼し、目の前の椅子に腰掛けた。こんなときでもなければ、起業したことや会社のことを先生に報告しただろうに、とてもそんな空気にはならない。

恐る恐る、朝彦も栗山の隣に腰を下ろした。

「わざわざ呼び出して申し訳ないね、瀬川君。君も小柳君とつい先日会ってるから、何か気づいたことはないかなと思って」

貫地谷先生は、この一週間で体が一回り縮んでしまったように見えた。深くうな垂れた顔には、うっすら隈までできている。

「小柳先輩が、その、版本を盗んだんですか……？」

「盗みましたよ」

答えたのは先生ではなく職員だった。両腕を組み、神経質そうな眉間に深く皺を寄せ、唸《うな》るように溜め息をつく。職員はそのまま、大学図書館部の係長をしている五木《いつき》だと名乗った。

「借りた本を返却せず卒業する不届きな学生は毎年いますけど、今回はそんな次元の話じゃない。大学所蔵の貴重な資料を学外に持ち出し、失踪したんです」

「失踪……？」

ゆっくり、貫地谷先生を見る。遅れて栗山が「どういうことですか」と聞いた。五木は、針を刺すような目線を先生に向けた。

「一昨日の午後、小柳君に頼まれて、図書館から古事記の版本を借りてきた」

「寛永二十一年刊行のやつ、ですよね」

古事記の写本・版本は数多く出回っていて、慶安大にも複数所蔵されている。その蔵書の中でも寛永二十一年刊行の古事記は最も古い。全三巻、袋綴じ、四つ目綴じ。刊行から四百年近い歳月の中でさまざまな人の手に渡り、書き込みや貼り紙も随分されているが、今は慶安大に貴重な資料として保管されている。

「そうだよ。瀬川君や栗山君も何度も見た、あの古事記だよ」

学生だろうと教員だろうと許可なく見ることはできないが、文学部の教員や研究者は、申請すれば自分の研究室へ持ち込むことが許されている。勝手に研究室に住み着いている小柳にはもちろん無理だが、貫地谷先生なら借り受けることは可能だ。現に朝彦も栗山も、院生時代にあの古事記を何度も読ませてもらった。

「小柳君に古事記を預けて、僕は夕方から入試課の会議に出た。戻ってきたら小柳君の姿がなくて、古事記が三冊ともなかった」

「ちなみに、守衛所の防犯カメラにその小柳という男が映ってました。ちょうど貫地谷先生が会議をしていた頃、大学を出ています」

先生の体が、しゅんと小さくなる。それを狙い撃つように五木は続けた。

「ＯＢとはいえ、部外者を日常的に研究室に出入りさせていた上、貴重な資料を預けて目を離すなんて無責任にもほどがありますよ。教務部から再三やめるように忠告があったらしいじゃないですか」

一本一本、ちくちくと針を打ち込むような言い方に、先生の体はさらに萎んでいく。

栗山が苦々しい顔で身を乗り出した。

「小柳先輩が古事記を持ち出したのはわかったんですけど、失踪ってのはどういうことなんです？」

「古事記がなくなった日の夜、慌てて小柳君の家に行ったんだ。うちで研究員をしてたときから、住所は変わってないはずだから。でも、もう小柳君は住んでなかったんだ。インターホンを押したら全くの別人が出てきた」

小柳が一人暮らしをするアパートは、確か板橋にあったはずだ。最寄り駅は高島平だと聞いたことがある。小柳がとんでもない勘違いをして古事記を持ち帰ってしまったのではないか。そう考えて電車に乗り込む貫地谷先生の姿が思い浮かんだ。

「瀬川君、あれから小柳君と連絡は取った？」

「いえ。先週ここで話をしたきりです。先生から古事記のことを聞いてすぐに電話をしたんですけど、電源が入ってないって」

「俺も瀬川から連絡がきて、小柳さんにメッセージを送ったんですけど、既読すらついてないです」

乾いた溜め息をついた栗山が、天井を仰ぎ見る。五木はさらに表情を険しくした。

「貫地谷先生は大事《おおごと》にしたくないとおっしゃいますが、もう無理です。大学として警察に届け出ると、図書館部の部長も言っています。あなたの勝手な行動が事の発端なんですから、先生も自覚してください。これはなあなあで終わらせられることではありません。あの貴重な資料を適当に売り払われでもしたら――」

「先輩はそんなことしないですよ」

咄嗟《とっさ》に出た言葉は予想外に攻撃的で、五木はぎろりとこちらを睨《にら》んできた。

「他大学で研究生をやってたのに、研究費が払えなくなってうちに転がり込んできたらしいじゃないですか」

「どれだけ困窮していようと、あんな貴重な資料を盗んで売り払うわけがない。僕達は研究者です」

栗山が、ぎこちない動きで朝彦を見た。

「僕達は古事記に惹かれて、古事記を愛して、研究してきたんです。研究対象である資料の価値は、僕達が一番理解しています」

「理解しているから、売ったらいくらになるかわかるし、その金額に目が眩《くら》むんじゃないですか？　研究じゃ腹は膨《ふく》れないし、古事記の研究なんて、どう頑張ってもお金にならないでしょう」

そんなことを、古事記の研究者である貫地谷先生と朝彦、かつて研究者だった栗山の前でよく言えるものだ。この五木という男は、本当に大学図書館を管理する部署の人間なのだろうか。沸き立つ怒りと憤りを抑え込み、朝彦は鼻から息を吸った。

「小柳先輩はそんな人じゃないです」

彼が経済的に苦しいことも、将来に不安を抱えていることも、理解できる。同じ立場の人間だから嫌でもわかる。でも、心から「小柳先輩はそんな人じゃない」と言えた。栗山も、貫地谷先生も、深々と頷いてくれた。

「あなた方がどう思おうと、その小柳博士という男が大学の資料を盗んで姿を消したのは事実なんです。僕はこのあと警察に通報します。ここにも警察がくるでしょうし、お二人に話を聞くこともあるでしょう」

先生と朝彦の顔を五木は睨みつける。自分の右頬がぴくりと痙攣《けいれん》する。奥歯を噛み締めても、なかなか鎮まらない。

「教え子やお仲間のためを思うなら、捜査にご協力をお願いします」

苛立ちを断ち切るように席を立った五木は、朝彦達に素っ気なく一礼して、研究室を出ていく。

しばらく、誰も口を利かなかった。貫地谷先生はうな垂れたままで、栗山はテーブルに肘を突き、額に手をやった。

朝彦は、目の前の本棚を眺めていた。日本神話とインド古代叙事詩の比較、古事記における恋の起源と結婚・出産、医学の視点から見る古事記……タイトルを眺めていると、どこかから「どうして」という声が聞こえる。

どうして古事記を盗んだんですか。どうして姿を消したんですか。どうして、こんなことになったんですか。

雨が強まったらしく、研究室の窓の向こうから忙《せわ》しない雨音が聞こえ出した。どれくらいそうしていたかわからないが、おもむろに栗山がざらついた溜め息をつき、「飯でも食いましょうか」と言った。こういうときにこういうことを言うのが、自分の役目だとばかりに。

「すぐ側の定食屋、十月に入ると秋刀魚《さんま》定食出してましたよね。久々に食いたいな」

「ああ、あそこ、随分前に閉めちゃったんだよ」

コロナが酷かった頃かな……ぽつぽつと言葉をちぎるように呟いた先生に、栗山は深々と肩を落とした。

間章　また、夜行バスで

広島行きの夜行バスは混んでいた。チケットに書かれた座席番号を確認しながら、前山康生《まえやまこうせい》は湿った香りの車内を見回す。外は霧のような雨が降り出していた。

東京駅と広島駅を十二時間で繋ぐこの便を、康生は専門学校に通っていた頃から帰省のために使っている。かれこれ十五年ほどになるだろうか。当時は酷いバス酔いに悩まされながらも、安いからという理由だけで嫌々乗っていた。いつの間にか、鼻に纏《まと》わりつくような甘く淀んだバスの匂いに愛着まで湧いている。

四列シートの窓側にはすでに先客がいた。四十代くらいの眼鏡の男だった。リュックサックを大事そうに膝に抱え、曇った窓からぼんやり外を眺めている。

「お荷物、網棚に置かなくていいんですか？」

自分のスーツケースを網棚に上げるついでに、男のリュックを指さして聞く。自分に向けられた言葉だと思わなかったのか、男の返答まで随分と時間がかかった。

「ああ、はい、大丈夫です」

愛想よく笑った男は、体をギュッと窓側に寄せた。そんなに大切なものが入っているのか、康生が隣に腰を下ろしても、リュックから両手を離さない。

「帰省、とかですか？」

窓の外を眺めたまま、男が聞いてくる。バスに乗る前に買ったお茶のペットボトルを開けながら、康生は頷いた。

「地元が広島の尾道なんです。新幹線より断然安いし、なんか夜行バスってわくわく感があって、この歳になっても帰省はもっぱら夜行バスなんですよね」

話しかけられたのをいいことに、康生はペラペラと聞かれてもいないことを口にした。昔からお喋りがとにかく好きで、両親からは幾度となく「口を糸で縫いつけてやろうか」と叱られながら育った。専門学校を出て就職してからも、隣のデスクで作業する同僚から「話しかけてないのにずーっと喋ってる」と呆れられた。

「あはは、わかります。腰はしんどくなりますけど、ちょっと楽しいですよね」

「トイレ休憩で止まる夜中のサービスエリアとか、若い頃から何故か好きで。用もなく降りちゃうんですよ」

大袈裟ではなく、それは康生にとっての青春の風景だった。夢を描いて上京したとき、就職が決まったことを両親に報告したとき、仕事が上手くいかずへこたれたまま帰省するとき――青い青い自分を無言で送り出してくれた心細い真夜中のサービスエリアは、年老いてからもきっと思い出す。

バスが唸るようにゆっくりと走り出した。ささやかな食事を取るカサカサという音が周囲で響く。隣の席でも、男が足下に置いた袋から稲荷寿司を取り出した。「失礼します」と会釈して蓋《ふた》を開けた彼に、康生は「ああっ」と声を上げる。

「僕も稲荷寿司ですよ。バス乗り場のすぐ近くの店で買ったやつですよね？　僕もよく買うんですよ」

ほら、と自分の稲荷寿司を見せる。普通の稲荷寿司に、酢飯にワサビ菜が混ざったもの、胡桃《くるみ》や五目が混ぜ込まれたもの、揚げが黒糖で煮込まれたものと、五種類の稲荷寿司と漬物、小さなおかずがぎっしり入ったものだ。ちょっと値段は張るが、広島に帰るときはいつもこれを買う。

男は食が細いのか、プレーンの稲荷寿司が三つだけの安い弁当だった。「よかったらどうぞ」とおかずを差し出すと、彼は遠慮がちに出汁巻き玉子を一切れ摘まんだ。

「そちらも帰省ですか？」

「いえ、僕は旅行みたいなものです」

その割には、荷物は小ぶりなリュックサックだけだ。

「へえ、どちらまで？　宮島あたりですか？　それとも原爆ドーム？」

「そうですね。向こうに着いてから考えようかと」

「気ままな一人旅ってやつですね。よかったら僕の地元の尾道も来てくださいよ。最近は洒落たカフェなんかも増えてね、瀬戸内海の島々がよく見えるいい街です」

昔は、そんなことは微塵《みじん》も思っていなかった。島と大きな橋に囲まれた海は巨大な水溜まりのようで、そのおかげで台風が来てもそこまで大きく荒れることはなく、それが逆に退屈だった。あの街に流れる時間を、水飴のように思っていた。

「尾道、いいですね。気が向いたら足を延ばしてみます」

康生が尾道の見どころや美味い食べ物を紹介しながら稲荷寿司を頬張っている間も、男はリュックを足下に置かなかった。

荷物を抱えたままの男に、康生は「お仕事は？」と問いかけた。最初の休憩地点である海老名サービスエリアまでは、まだまだ距離があった。

「古事記の研究をやってます」

「え、学者先生だったんですか」

「嫌だなあ、そんな大袈裟な呼び方しないでくださいよ」

ははっと笑った男の顔は、高校時代の古典の先生とよく似ていた。古事記とか万葉集とか古今和歌集とか、あの手のものが好きな人は、自然とこういう顔で笑うようになるのかもしれない。

「じゃあ、大学の先生ってことですか」

「わかりやすく言うと、そうですね」

ははっと男がまた笑う。大粒の雫が伝うようになった窓ガラスとは反対に、どこか乾燥した言い方だった。

「そちらは、お仕事は何を？」

「アニメーターをやってました」

アレとか、アレとか、アレの主人公の〇〇を描いたこともありますよ。そうつけ足すが、男はピンと来なかったようで「へえ、なるほど」と愛想笑いを浮かべた。

「やっていたということは、転職されたんですか」

「転職というか、アニメーターをやめて地元に帰るんで。今日はその準備のための一時的な帰省ですね」

この話をした仕事仲間や同僚は、みんな一様に痛ましげに顔を顰めて「そうか……」と言葉を失う。

なのに、隣に座る男は意外と晴れやかな顔で「そうなんですか」と微笑んだ。夢やぶれておめでとうございます、とでも言いたげだった。

ああ、俺は今、「そうですか……嫌な質問をしてすみません」と言われたかったのだな。空になった弁当箱をレジ袋にまとめながら、つくづく思った。

「親も歳を取ってきてね、そろそろ介護のことなんかも視野に入れなきゃなってタイミングだったんです。幸い、実家は小さな会社をやってまして、父親が跡を継いでほしいって期待のこもった目で見てくるんですよ。アニメーターも、まともに稼げるのなんて一握りですから、思い切って親の期待に応えてやることにしたわけです」

三十分のアニメーションは、数千枚の絵をつなぎ合わせて作られる。その一枚一枚を手描きするのがアニメーターの役目で、一枚あたり〇〇円という出来高制で仕事をしている。アニメーターを社員として雇用する会社もあるが、多くは個人事業主だ。もちろん、康生も。

アニメーションの専門学校を卒業して、すぐに都内のアニメ制作スタジオで働き始めた。一枚二百円の仕事から始まり、少しずつキャリアを重ねて、行く行くはメインキャラクターのデザインを手がけて、作品全体の演出をするようになって、いつかは監督としてヒット作品を生み出したい――なんて思っていた。

三十五歳になって、二十歳の頃に思い描いた野望のうち、達成できたのはごくわずかだった。それでも、自分にアニメ監督は無理だなと気づくのに十五年かかった。

「アニメーターって、なかなか大変な仕事だと聞きます」

言葉を一つ一つ選ぶように視線を泳がせながら、男が聞いてくる。アニメに興味がない人間にも、アニメ業界全体が薄給のブラック体質だとは知られている。嫌な話だ。

「そうですね、腱鞘炎になりながら、一枚数百円の絵を何万と描いてきました。アニメーター志望の子が面接に来たら『ご実家は頼れる？　じゃないと生活できないよ？』って社長が聞いてるくらいですから」

康生がアニメーターになったときも、同じような状態だった。それでも飛び込んだ。放送されたアニメのスタッフ欄に自分の名前があることに感激し、自分が担当した話がＳＮＳで好評だと、嬉しくて夜明け前の道を走って家まで帰った。

大変なのも稼げないのも覚悟して、好きだからこの世界に入った。だから文句を言ってはいけない。そんな意地を張り続けるのも十五年が限界だった。それを狙い澄ましたように、両親から「そろそろ帰ってきてくれないか」と打診された。

「どこの世界も大変ですね」

「やっぱり、大学の先生も大変なんですか」

一拍置いて、男は首を斜めに振った。肯定なのか否定なのか、康生にはわからない。

「人それぞれですね」

そこからは全く違う話題に移った。雨が止みそうにないですね、ちょっとずつ夜は涼しくなってきましたね、なんて話を繰り返した。

午後十時半過ぎに海老名サービスエリアを出ると車内は暗くなる。生粋のお喋りとはいえ、康生も黙ってスマホを弄《いじ》っていた。座席の間のカーテンを閉めてしまったが、隣からは物音一つしなかった。

寝たり起きたり、起きたり寝たり。夜行バス特有のまどろみを楽しみながら、一体何時間たっただろうか。後部座席の客が横を通り過ぎるのと、隣で男がごそごそと身じろぎしたので康生は覚醒した。

「トイレですか？」

仕切り用のカーテンから顔を出した男に問いかける。恐縮した様子でぺこぺこと頭を下げる男と一緒に、康生もバスを降りた。

時刻は深夜一時を過ぎ、バスは愛知県の岡崎サービスエリアに止まっていた。駐車場には大型トラックが何十台と並んでいるが、レストランは軒並み閉まっているし、二十四時間営業の売店やフードコートもひっそりとしていた。

コンビニでコーンスープを買った。丸い缶の中でコーンが渦を作るのが、触れた瞬間に掌にじんわり伝わってきた。

会計を終えたタイミングで、トイレを済ませた隣席の男がコンビニに入ってきた。リュックは相変わらずお腹側で抱えたままだ。電車の中でもないのにそうやっていると、たたずまいも歩き方も何もかも野暮ったく見えた。

「何か買うんですか？」

男は雑誌コーナーを眺めていた。今週発売の週刊誌がずらりと並ぶ。芸能人の熱愛に不倫に政治絡みのスキャンダル。それらを押しのけて表紙にどんと居座るのは、数日前に発生した日比谷線での殺傷事件の記事だった。電車内で刃物を振り回して一人を殺し、五人に怪我を負わせた四十代の男が、やっと犯行動機を語り出したらしい。

「電車の中でってのが怖いですよね。逃げ道ないですもん」

どんなに自分がどん底だろうと、他人が羨《うらや》ましかろうと、世の中そのものにぶちまけてやりたいことがあろうと、こんなことをしたって何にもならない。自分自身も、人生も、社会も、何一つよくはならないだろうに。

「この人もいろいろあったんでしょうね」

大事そうにリュックを抱えたまま、穏やかに男は笑っていた。

この人ってのは、この刃物を振り回した男ですか？　とは聞けなかった。男の口振りは、チームメイトを想うような奇妙な温かさにまみれていた。

男もそれに気づいたのだろうか。その横顔からすーっと色が褪せて、ちらりと康生のことを見てきた。

「それでも、電車の中は嫌ですね。本当に、逃げ場がない」

僕も飲み物を買おうかな、と男はドリンクコーナーへよたよたと歩いていった。

一足先にバスに戻る道中、突拍子もないことを考えた。男が大事にリュックにしまっているのは刃物や爆発物の類で、乗客が寝静まった頃を狙ってバスジャックでもする気じゃないか。そのとき、見せしめに真っ先に殺されるのは俺ではないだろうか。

まさか、あんな気の弱そうな、物腰の柔らかな男が。せっかく買ったコーンスープの蓋も開けず、バスの中でそんなことを考えた。だが、結局何も買わず戻ってきた男が「すみません、僕が先に戻らなきゃでした」とぺこぺこしながら席に着くのを見て、笑い出しそうになった。

バスは予定通り岡崎サービスエリアを出発した。隣からは刃物や爆発物が出てくるどころか、カーテン越しにか細い寝息が聞こえてきた。

次に目が覚めたのは、瞼にかすかな光を感じたときだった。バスの中には霧のような薄い光が差し込んでいた。

どうやら、隣の男が窓のカーテンを小さく開けたらしい。雨は止んだのだろうか。穏やかな朝日を感じた。

「晴れましたか?」

小声で、カーテン越しに声をかける。

「すみません、起こしましたか?」

「いえ、大丈夫ですよ」

仕切り用のカーテンを開けた男は、康生に窓の外を見せてくれた。昨夜の冷たい雨はすっかり止んで、田園の向こうの山から太陽が顔を出そうとしている。薄曇りの空は琥珀糖《こはくとう》みたいな淡いスミレ色だった。

「晴れましたね」

そう言って男は小さな欠伸《あくび》を一つした。

おもむろに、空の一点を指さす。

「あのへんの雲の動き、こをろこをろ、って感じがしませんか?」

「はい?」

「すみません、やっぱり意味不明ですよね」

肩を揺らして笑った男に、康生は「どういうことですか?」と問いかける。

「僕が古事記の研究をしていること、昨夜お話ししましたよね? 古事記にはオノマトペ表現が結構出てきまして、こをろこをろもその一つなんです」

イザナギとイザナミが、天と地を結ぶ天浮橋《あめのうきはし》で、天《あめ》の沼矛《ぬぼこ》を海原に下ろし、こをろこをろと掻き回した。矛から滴り落ちた潮が積み重なり、島ができた。これを「国生み神話」といい、ここから日本は作られていったのだという。

「僕はこのオノマトペが好きでして、高校時代に古事記の第一巻を読んだとき、真っ先に覚えた言葉なんです。それ以来、こをろこをろが果たしてどんな音なのか、研究を続けながら探してましてて」

はあ……と相槌を打って、康生は男が指さした方向に視線をやった。雲の晴れ間から薄い青空が覗き、渦を巻くように大きくなっていく。

男の目は溌剌としていた。

「どうなんでしょう、俺にはよくわかりません」

「そうですよね、すいません。いきなり変な話を」

いえいえと首を横に振りながら、思い浮かんだのは深夜のサービスエリアだった。シーンと静まりかえった暗がりの向こうに、かすかに人の気配がする。康生が十五年間、噛み締めるように楽しんできた光景だ。

あれは、果たして男の言う〈こをろこをろ〉だろうか。

どうしてだか、男は照れくさそうに頭を垂れて笑っていた。一晩中抱いていたリュックが、きゅっと音を立てる。

車内が明るくなるにつれて、他の乗客も目を覚まし始めた。途端に車内を流れる時間は早足になる。夜行バスはいつだってそうだ。朝を迎えると、夜行バスが抱える独特の雰囲気も時間の流れも、息を引き取るように終わるのだ。

十五年間、ずっとずっと、そうだった。

広島駅に着くまで、康生は昔のことを思い出していた。「この子はお喋りが過ぎるから」と両親が本を買い与えてくれて、いつの間にか漫画ばかり読むようになって、気がついたらアニメーションが好きになっていた。東京の専門学校に進学して、アニメーターになった。関わった作品の一つ一つが、脳裏をよぎっては消えていく。

隣の席が無人だったら、こうやって一晩を過ごしていたのだろう。まどろみの中で昔を懐かしみ、若い頃の自分に「悪かったな」と謝罪して、未練を睡魔と一緒にサービスエリアのトイレに流して。

夜が明ける頃には、何もかも飲み込んでいるはずだった。広島駅に降り立った自分は清々しい気分で、駅前で美味い蕎麦でも食べて尾道に帰るはずだった。

でも、この男がいたことで、ちょっと調子が狂ってしまった。名前も教え合わず、広島駅に着いたら簡単な挨拶をして別れ、二度と顔を合わせることもないのに。

第二章

幸せは転がってるんだと思う

友人にたかってるんだよな、これは。

タクシーの窓に映り込む腑抜けた眼鏡の男に、朝彦は無言で投げかける。直後、車体がガタンと音を立てて揺れ、運転手が律儀に「失礼、ここ、いつも揺れるんですよね」と謝ってきた。

ごん、と鈍く湿った音が隣から聞こえた。寝入った栗山が、窓ガラスに頭をぶつけたらしい。ふがふがと何か言ったようだが、聞き取れなかった。

「珍しいなあ、お前が酩酊するの」

一軒目の居酒屋で六杯、二軒目のバーでも三杯、胃の中で闇鍋でもするようにあれこれと飲んでいたから、無理もない。

お互い仕事もあるし、栗山と会うのはせいぜい三ヶ月に一度だった。小柳が古事記の版本と共に姿を消して一ヶ月近く、数日おきに顔を合わせている。

自分達が話し合ったところで、小柳が帰ってくるわけでも、古事記が戻ってくるわけでもないのに。

大学図書館部の五木の言葉通り、小柳の失踪は事件になった。〈慶安大学所蔵の貴重資料が窃盗被害　元院生の男性失踪〉という見出しのネットニュースが流れてきたときは、スマホを取り落としそうになった。

記事の内容は、貫地谷先生と五木から聞かされたのとほぼ同じだった。「元院生」とされた小柳の名前こそ出ていなかったが、小柳が慶安大学のOBで、かつて研究者として在籍していたこと、自宅アパートを引き払って姿を消したこと、困窮を理由に資料を盗んだと考えられることまで、はっきり書かれていた。

タクシーが停まる。栗山に「着いたぞ」と告げると、彼は泥から這い上がるように財布からクレジットカードを出した。支払いをして領収書をもらう彼の手を、朝彦はじっと見ていた。

「瀬川、泊まってけよ。お前の家まで乗ると、結構な金額だろ」

おぼつかない足取りでタクシーを降りる栗山に、朝彦は「助かるぅ」と投げかけた。一軒目の居酒屋も、二軒目のバーも、「俺から誘ったから」と栗山が支払った。小柳の一件がある前から、ずっとそうだ。

栗山が呼び止めたタクシーにちゃっかり一緒に乗ったのも、彼の家に朝まで居座ろうという魂胆からだった。タクシーで帰るにも、ネットカフェや二十四時間営業の店で時間を潰すにも、金がかかる。

大学時代は朝彦とそう差のない木造アパートに住んでいたのに、栗山は去年の暮れに引っ越した。決して高級物件というわけではないが、三十五歳の独身男性が住んでいて違和感のない……いや、三十五歳独身でまともに社会人をしているなら、これくらいの家に住んでいるべきだ、という価値観のど真ん中に綺麗に着地するような、広くて小綺麗な１ＬＤＫの部屋。

「悪い、ちょっと散らかってる」

玄関の鍵を開けながら、栗山は大あくびをかいた。がちゃん、と重たい音を立ててドアが開く。そうそう、いい物件のドアは重いんだ。朝彦の部屋のドアは、その気になれば蹴破れる。

「栗山、水飲め、水。あと手を洗ってうがいをしろ」

リビングのソファに寝転んでしまった栗山は、「うーん」と言うばかりで動こうとしない。朝彦が洗面所で手を洗いうがいを済ませて戻っても、同じ体勢でいた。

「散らかってないじゃん」

リビングを見回して、思わず呟いた。栗山から返事はない。

栗山の部屋はこざっぱりとしていた。リビングにはソファとテーブル、テレビ、本棚が一つあるだけだ。本棚の半分は、彼が研究者だった頃に使っていた資料がまだ並んでいる。「神様が妙に人間っぽく生々しいのが好きだ」という彼が特に気に入っていた、古事記における恋愛や結婚、家族関係について書かれた研究書だ。

栗山が所有していた大半の資料は、朝彦が引き取った。栗山にとって、上代文学の研究者だったことはすっかり過去になっていた。本棚のもう半分は、大仰な謳い文句が並ぶビジネス書、大袈裟なくらい色鮮やかな海外の写真集ばかりが並んでいる。引っ越した直後に来たときは、こうではなかったのに。

「あんま見るなよ、恥ずかしいから」

本棚をじろじろと眺めていた朝彦に、栗山の声が飛んでくる。

「別に、変な本は並んでないだろ」

「違うよ」

違うんだよ、と栗山は擦《かす》れ声で繰り返した。

「本棚を見られるって、全裸を見られるようなもんじゃん」

「まあ……その人の内面がよく見えるよな」

「俺は今、つるっつるだよ。辛うじてポスドク時代の思い出がこびりついてるだけの、つまんねえ本棚」

ソファが軋《きし》んで、栗山がのろのろと立ち上がる。キッチンに行った彼は、乱暴にうがいをしてから水を飲んだ。

「ビジネス書ってさ、内容は違うのにみんな同じ顔をしてるんだ。金を稼ぐことが人生で一番大事。金を稼いでこそ幸せな人生。稼げない奴を誰も助けてくれない。馬鹿は損をして頭のいい奴が得をする。何もしないで貧乏になっていくのは自己責任。さあお前はどうする？　って。俺、自分がどんどんつまらない人間になっていくのがわかるんだよ」

中身が三分の一ほど残ったグラスを左右に揺らしながらリビングに戻ってきた栗山に、朝彦は肩を竦める。

「そんなことないよ。少なくとも、年相応にちゃんと稼いで生活してる。俺なんて最近は栗山に奢ってもらってばっかりだし」

「いいんだよ、そんなのは。俺は耐えられなかったから、お前には頑張ってほしいと思うだけだ」

栗山が再びソファに寝転がろうとするから、「待て、ベッドに行け」と慌てて寝室を指さした。グラスを持ったまま、栗山はよたよたと寝室のドアを開けた。

「一緒に寝る？」

「いや、ソファを借りるよ」

そう、と頷いて、栗山は寝室からタオルケットを持ってきてソファに放り投げた。

「なあ瀬川ぁ……」

栗山はまだグラスを持ったままだった。

「この世界ってさあ、足を洗えた人間からまともな生活が送れるようになるのかね」

いや、俺はもうドロップアウトしたんだから、この言い方は変か。ははは、と笑いながら、栗山はグラスを揺らす。リビングの橙色の照明を反射して、中途半端に残った水が金色に揺れる。

末だに「この世界」にいる朝彦に、答えられるわけがないのに。

「ああ、悪い。お前に言うことじゃないよな。うん、でも、そうなんだ。辞めるまではそう思ってたんだ。今も思ってる。でも、まともな生活は安心するし、変な鬱憤も溜まらないし、社会を恨まないで済むし、楽だよ。つまんねえけど」

「栗山がどう思ってるかは別として、俺は栗山と飯食って話すのは楽しいよ」

フォローしているつもりなのだが、きっと何の助けにも慰めにもなっていないとわかっていた。「ありがとよ」と呟いた栗山は、ポイ捨てでもするように笑った。

「やり手経営者の書いたビジネス書って、どれもこれも昔の失敗や挫折を振り返って、『あの頃の悔しい経験が役立っています』って偉そうに書いてあるんだよ。どうせ俺もそう言うようになる。二十代を上代文学の研究に捧げたことは、ビジネスをする上で大変役に立っています。あの頃がなかったら今の僕はありませんでした～なんて、反吐《へど》が出そうなことを言いながら、一生暮らしていくんだろうな」

ふらつく背中が寝室に消える。直後、ベッドに倒れ込む音が聞こえた。水をこぼしてないかと心配になったが、あえて確認せず、朝彦はリビングの明かりを消した。

栗山がポスドクを辞めたとき——研究の道を諦め「普通に生きていく」と決断したときも、やはり彼はあんなふうにちょっと荒れた。家賃五万円のボロアパートの一室で、安い酒とコンビニで買ったつまみを前に荒れた。あの頃は、栗山の部屋も朝彦同様、本であふれ返っていた。古事記に包まれた部屋で寝起きしていた。

当時、栗山にはインドネシアの大学から研究者兼講師として声がかかっていた。日本語・日本文化学科を持つ大学で、二年契約で学生に上代文学と日本語の授業をしてほしいという依頼だ。大学の日本文化研究所に籍を置き、研究者としても活動できる。いい条件だった。何せ、一コマあたりの授業料が日本の大学で非常勤講師をやるより高い。二年限定とはいえ、日本でいうところの客員准教授のポストだった。

お世辞にも語学力が高いとは言えない朝彦と違い、栗山は学部生の頃から英語が堪能だったし、コミュニケーション力もある。人当たりのよさと要領のよさには国境はないだろうから、インドネシアでも上手いことやるに違いない。

正直、羨ましかった。栗山がいなかったところで、その打診が俺に来るわけがないのに、それでも。

なのに、彼はその依頼を断った。

「インドネシアに二年行って、そのあと日本に帰ってきて、どうなるんだよ」

薄くなりすぎて布団とほとんど区別できないほどの厚さになってしまったマットレスに寝転んで、栗山は燻製イカをしゃぶっていた。側で安い缶チューハイをちびちび飲みながら、朝彦はただ頷いた。

「帰国したら、また非常勤講師の口を探して、五年で雇い止めされて、また非常勤の募集が出てないか大学のホームページを探し回って、研究を頑張るんじゃなくて、研究を続けるために金を稼ぐのを頑張るんだろ」

栗山がインドネシアに行っている間に、お国の気が変わって大学に金をばらまくようになってるかも。なんて冗談は、言わないでおいた。

「大体さあ、俺達の専門は、上代文学なんだぞ？　この国の始まりの物語を研究してるんだぞ？　なんで、インドネシアの方が条件がいいんだよ。なんで、インドネシアの方が俺達の研究に理解があるんだよ」

なんでこんな。

そう呟いて、栗山はその先を言わなかった。朝彦だって同じことを思っているのだから、言わなくても通じる。もしくは、言っても意味がないと思ったのだろう。

上代文学の研究に最適な環境が整っているのは、この国のはずだ。この国で生まれた物語を、この国で生まれた人間が研究する。自分達のいる場所が、もっとも研ぎ澄まされた研究環境であるはずなのだ。

栗山がいい条件の依頼を受けたと聞いたとき、羨ましいと思いつつ、素直にそれを祝おうと思った。その「いい条件」が、彼をより一層失望させた。この国で研究を続ける未来に、失望させた。

「俺はもう、耐えられないかも」

栗山は鼻声で吐き捨てた。その後すぐ、非常勤講師として勤務していた大学の雇い止めに合わせて、彼は研究者を辞めた。「もらってくれ」と、段ボールに詰まった大量の研究書と論文を朝彦の家に届けてくれた。

朝彦の家の本棚は研究資料であふれ返り、栗山の本棚は、こんなにもこざっぱりとしてしまった。

暗くなったリビングで本棚を眺めながら、朝彦は床に置いたスマホに手を伸ばした。ニュースサイトで慶安大学の名前を検索すると、古事記の版本が盗まれたことを伝える記事がすぐに出てくる。

記事の中に、盗まれた古事記がいかに貴重な資料か記されていた。歴史的な価値があって、売れればそれなりの額になるはずだと古物商の人間が言っている、と。

画面をスクロールする。記事に対する一般人のコメントが流れてくる。

〈こんな貴重な資料を盗むなんて、この人は研究者じゃない。身勝手すぎる〉

〈そもそもこの人は講師でも研究者でもなくて、OBが大学に居座ってただけでしょ？　それを許してた大学にも責任はある〉

〈犯罪を犯すほど困窮してるなら、転職すればいいのに。人間、死ぬ気になれば何でもできる。勉強ばかりの人生だった人にはわからないかもしれないが〉

〈今時、文系研究者の生活が苦しいのなんて当たり前。お金にならないんだから。わざわざそれを選んだ自己責任を棚に上げて被害者ぶらないでほしい〉

そこまで読んで、朝彦はスマホを床に伏せた。みんな、古事記の行方を案じて、怒っている。でも、小柳がどうして大学に勝手に住み着いていたのか、どうして困窮していたのか、誰も気にしていない。

確かに、慶安大の図書館に所蔵されていた古事記の版本は、貴重な品だった。古事記が記されたただの本ではなく、今日にいたるまでさまざまな人の手に渡り、その人が古事記をどう読んだかまでが記されている。その蓄積には値段をつけられない。

小柳が古事記を盗んだのは、信じたくはないが事実だ。それは許されない。

でも、だ。

価値のある資料を盗んだ人間をこんなに非難するのに、どうして、それを研究する人間を誰も顧みないのだろう。多くのポスドクが困窮し不安定な生活を歩んでいる事実を、自己責任の自業自得として掃き捨てるのだろう。

このところ、立て続けに物騒な事件が起きていた。男が日比谷線の車内で包丁を振り回して乗客を一人殺した事件、神戸でビルが放火され十二人が死んだ事件、函館で登校途中の三人の小学生が通り魔に切りつけられて死んだ事件。頻発する事件にワイドショーもSNSも賑わっていて、いろんな人が悲しみや憤りを言葉にし、問題提起し、意見や思想がぶつかり合って燃え上がった。

小柳に怒っている人達は、きっと他所でも怒っている。自分の意見を表明しやすい場所を求めて渡り鳥のように旅をして、途中下車した小柳の事件のことなど、来週には忘れてしまう。

みんながもとの無関心に戻った頃、小柳が帰ってきたらいいのに。

短い睡眠と覚醒を繰り返して、朝になった。カーテンの隙間から白い光が一本、栗山の本棚に向かって筋を作った。それをぼんやり見ていたら、次に目が覚めたときは正午前だった。

カーテンの隙間から伸びる光は、本棚ではなく朝彦の顔のすぐ側を走っていた。

隣の部屋から呻《うめ》き声が聞こえた。三分ほどすると、空のグラスを持った栗山が現れる。腹をガリガリと掻きながら、「起きてるぅ？」と朝彦を見た。

「今起きた」

「悪い、昨日は酷かった。飲み過ぎた」

「栗山の奢りだったたから全然構わないよ」

笑ったら、こめかみのあたりがズキンと痛んだ。二日酔いなのか、寝不足なのか、それ以外の何かのせいなのか。

「何か食う？　パンあるよ、パン。高級食パンとかいう、やたら甘いの。もらい物だけど」

妙に最後の部分を強調した栗山は、朝彦の返事を待たず、食パンをトースターに放り込んだ。ちりちりちりちり、ちりちりちりちり。パンが焼かれていく気配が、朝彦の耳にまで届く。

「栗山のところのレンタルフレンドって、登録したらすぐに依頼あるかな」

冷蔵庫を開ける音が中途半端に止まる。朝彦はずるずるとソファから起き上がった。

「どうして」

「俺、来年の三月には雇い止めだし、そしたらバイトしないとだし。その前に金を貯めておきたくて。親に金貸してって頻繁に言うのも、メンタルやられそうだし」

二十代の頃。特に、大学院を修了してポスドクになった直後、何度も両親に金を借りた。「今月苦しくて、奨学金の返済が厳しいんだ」と母にメッセージを送ると、三万円だったり五万円だったりが翌日には朝彦の口座に振り込まれた。

三十歳になったとき、もうするまいと決意して何とかここまで来たけれど、いよいよ息が続かなくなってきた。

「レンタルフレンドならシフトとか勤務時間なんかも関係なさそうだし、稼ぎやすいかなって」

床に放り投げてあったスマホを拾い、栗山の会社を検索する。ラペーシュのスタッフ募集ページは、すぐに見つかった。

「そうだな、決まった曜日や時間帯に勤務するのが難しいって人が多いよ。忙しいときは引き受けなければ休みになるし、逆に暇なときはどんどん引き受ければいい」

コーヒーを淹れる栗山の声は、擦れて沈んでいた。「うちの会社でスタッフ登録する？」と冗談半分に言ったのは栗山なのに、どうしてお前が傷つくのか。

「面接とか、あるんでしょ？」

「瀬川なら社長のコネで即採用だよ」

ははっと栗山が笑うのを遮《さえぎ》るように、トースターがチンッと甲高く鳴いた。

＊

家を出る直前に母から電話が来て、朝彦は玄関の鍵をかけながら通話ボタンを押した。先月まで残暑が厳しかったのに、夜はすっかり肌寒くなった。

「どしたの？」

一方に偏っていたパーカーの紐を調整しながら問いかけると、久々に聞く母の声は、少し強ばっていた。

『あんたの大学、テレビのニュースで見たんだけど』

「うわ、テレビでやったのか」

ネットニュースが出てから二週間ほどたった。小柳は見つからず、古事記も見つからず、いよいよ大事になるということなのだろうか。

「古事記の盗難のことでしょ？」

『元院生がどうたらこうたらって書いてあったから、朝彦は大丈夫なのかと思って』

それは、朝彦の知人が関わっていると思ってなのか、朝彦自身が関わっている可能性を考えてなのか。

「別に、俺には何の影響もないよ。普通に仕事してるし」

『なら、いいんだけど。お父さんも何も言わないけど、多分心配してるから』

茨城の海辺の街に暮らす両親とは、年に一度、正月に顔を合わせる。東京駅から高速バスに乗れば片道三千円ほどで帰省できるのだが、その金額がいつか出せなくなる日が来るのではないかと、ぼんやり考えることがある。

帰省のたびに、両親が「美味しいものでも食べな」と握らせてくれる一万円札は、両親が思っているより重い。子供を大学まで通わせ、奨学金を借りたとはいえ院まで出してやるなんて。同じことを自分の子供にしてやれるとは到底思えない。

両親も、それには気づいているはずだ。

『あんたは元気にやってるの？　ご飯ちゃんと食べてる？』

「元気だし、ご飯もちゃんと食べてるよ。奨学金もちゃんと返済してる」

『ならいいんだけど、ニュースで結構怖いことを言ってたから』

それは、小柳の……古事記を盗んだ四十五歳の元院生が、住所不定で大学に住み着いている状態だったことを言っているのだろうか。今年三十五歳になった自分達の息子も、十年後にこうなってしまうんじゃないかと考えたのだろうか。

「大丈夫だよ。困ったことがあったら母さんに泣きつくから」

『やーね、いい歳して』

ふふふっと笑った母に「そろそろ電車に乗るから」と告げて、電話を切った。駅まではまだ距離があったけれど、これ以上母と事件の話をしたくなかった。

そうか、テレビでも報道されてしまったのか。両腕が、肩胛骨《けんこうこつ》のあたりからごっそり抜け落ちそうになる。

一昨日、貫地谷先生から小柳の一件について詳しいメールをもらった。貫地谷先生自身が調べたのか、警察から聞かされたのかわからないが、小柳が家賃滞納でアパートを追い出されたのは六月のことだったらしい。およそ四ヶ月間、彼は住む家がなかったことになる。

貫地谷先生の研究室に転がり込む前までは、かつて非常勤講師をしていた大学で研究費を払って研究生をしていたという。それが払えなくなって、貫地谷先生を頼った。研究者としての居場所を得たところで無収入なのは変わらず、家賃が払えなくなって、アパートを追い出された。小柳君が頻繁に研究室で寝泊まりするようになった時期と綺麗に重なる……という文面から、意気消沈する先生の顔が浮かんだ。

小柳が研究室以外のどこで寝起きしていたのか、食事はどうしていたのか、風呂や着替えをどうしていたのか、わからない。

大学で彼と会った日、「今くらいの時間がね、学食が空いてていいんだよ」と言って研究室を出ていった後ろ姿と、現状がリンクしない。ポスドク同士、大変なのは俺も小柳先輩も同じ。その程度に思っていたのに。

未来が見えないですよ。

貫地谷先生の研究室で、小柳にそう愚痴ったのを思い出す。

「もしかしたら、俺みたいにタダでここに居候させてもらえるかも」

「居候って、さすがにまだ家は追い出されてないから大丈夫ですよ」

あのとき、小柳には住む家がなかったのに。思い出せば思い出すほど、喉の奥に鈍い苦味が広がる。眉間に皺を寄せたまま、俯《うつむ》きがちに朝彦は歩調を速めた。

夜が寒くなってきたからだろうか、駅の照明は夏に比べてまろやかな色をしていた。電車で池袋に出て地下鉄を乗り継ぎ、西葛西《にしかさい》駅で降りた。所要時間は一時間、電車賃は五百円弱。往復千円は決して安くないが、交通費が別途出るからよしとする。時刻は十一時を回っていた。平日の終電近い駅の空気は、乾いているのに饐《す》えて酸っぱい臭いがする。人の汗や皮脂、足の臭いが混ざった臭いだ。東京湾が近いせいか、潮の気配まで混ざり込んでいる。

待ち合わせは駅の北口だった。スマホに届いた依頼要項を確認し、朝彦は周囲を見回した。

栗山の会社が運営する代行サービス「ラペーシュ」でスタッフ登録したら、すぐにレンタルフレンドの依頼が来た。登録サイトに自分のプロフィールと顔写真を登録し、あとは待つだけだ。利用者がラペーシュを経由して要望を出すと、運営スタッフがヒアリングをし、条件の合う人材を紹介する。依頼が来たら、指定された待ち合わせ場所に出向く。

栗山曰《いわ》く、依頼によっては服装や髪型に指定が入ることもあるらしいが、初めての依頼はシンプルだった。暖かい格好をして、夜十一時半に西葛西駅へ行くだけ。

駅から吐き出される人の流れに逆らうようにして、こちらに向かってくる女性を見つけた。歩きやすそうなスリッポンにデニムパンツ、ブラウンのトレンチコートを身につけた、朝彦と同い年くらいの人だった。

「すみません、ラペーシュの……」

探るように朝彦に声をかけてきた彼女に、すぐさま「はい、瀬川です」と一礼する。

「ご依頼いただいた、山田光《やまだひかる》さんですか？」

彼女は一拍遅れて「ああ、はい、山田です」と頷いた。耳にかかっていた髪が、はらりと一房、頰に落ちる。

「すみません、旧姓がツユリなので、山田と呼ばれるのが未だに慣れなくて」

「栗の花が落ちると書いて、栗花落さんですか？」

確か、梅雨入りの頃に栗の花が落ちることから、栗花落をツユリと読ませるようになったはずだ。何気なく言ったつもりなのに、彼女は目を瞠《みは》って朝彦を見上げた。

「すごい、一発で通じたの、初めてです」

「そうでしたか。それは、よかったのかな」

「職場でも栗花落を名乗っているので、よければ今日も栗花落と呼んでください」

「わかりました。本日はよろしくお願いします、栗花落さん」

では……と改まった様子で、栗花落は歩き出した。今日はちょっと冷えますね、でも天気は悪くなくてよかった、夕飯はもう済ませましたか？　などと他愛もないやり取りを繰り返しながら駅前ロータリーを抜け、十分ほど歩いた。

「ここです。長丁場になるので、本当に申し訳ないんですが……」

到着したのは、保育園だった。深夜零時近い静かな住宅街にたたずむ、なかなか大きな保育園だ。時間が時間だから、当然ながら人気はなく、明かり一つ点いていない。なのに、園の前に立つ街灯に、ぼんやりと人影が照らし出されている。それも一人ではない。正門から等間隔に隙間を作って、人の列が伸びていた。

「これ、保育園の申し込みの列なんですか……」

「正確には、願書提出の順番待ちです。明日の朝七時に職員が来て、八時から願書の提出を受けつけます。この列はその順番待ちなんです」

栗花落の後についていく形で、列に並んだ。前には五人いる。誰もが、冬を先取りしたような厚着をしていた。性別こそバラバラだが、みんな朝彦とそう歳が離れていないように見えた。誰もが無言のまま、青白く光るスマホで動画を見たり、忙しなくゲームをしたりしている。

保育園の願書提出の行列に夜通し並んでほしい。

それが、朝彦がレンタルフレンドとして初めて引き受けた依頼だった。

「こんな時間から並ぶってことは、先着順なんですか？　保育園って、家庭状況を点数化して、点数が高い順から入園できるシステムだと思ってたんですけど」

「認可保育園はそうですね。親の勤務時間とか病気持ちかどうかとか、介護が必要な家族がいるかいないかとか、いろんなところで点数化されます。書類を揃えて区役所で入園希望の保育園を提出して、あとは入園できるのを祈るって感じですね」

「じゃあ、ここは認可外保育園ってことですか？」

真っ暗な保育園を指さすと、栗花落は機械的に頷いた。

「もちろん、うちも認可保育園に申し込んでるんですけど、落ちたら認可外に申し込まないといけなくて。落ちてから動いてたんじゃ、どこの園もいっぱいで入れないんです」

栗花落いわく、江戸川区は保活の激戦区としてもなかなか有名なのだという。

「それで、願書を提出するために徹夜で並ぶんですね」

「人の家を勝手に点数化して当落を決められるのに比べたら、徹夜で並べば確実に入園できるんで、逆にありがたいですよ。コロナが酷かったときも、園側は徹夜で並ぶのをやめろって散々言ってたんですけど、変わらず大行列だったらしいです。ていうか、今も自粛してくれってうるさく言われてるんですけどね」

声を潜めた栗花落は、自分の前に並ぶ人々の背中を一瞥し、肩を揺らして笑った。

「他の人が徹夜で並んでたら、馬鹿を見るのは素直に自粛した人ですもんね」

「その通りです。うちみたいに、バイトを使って並んでる人も多いみたいですよ」

ずっと立っていて体が冷えたのだろうか、その場で足踏みをした栗花落が、鉄柵の隙間から保育園を覗き込んだ。

「この園は認可外ですけど、結構人気があるんです。施設も新しいし、保育士の数も多いし。あと、私の職場にも近いんで、お迎えもしやすくて」

「お仕事は、何をされてるんですか？」

聞いていいものか少しだけ迷ったが、八時間の長丁場になることを見越して、試しに聞いてみる。

「西葛西から三駅のところにある清澄大学の英米文学科で、教員をしてるんです」

用意していた相槌が、喉元につっかえて出てこなかった。

僕もです——とは、言えなかった。

「専門はアメリカ文学ですか。それともイギリス文学？」

「十九世紀の、アメリカ文学です。主にエドガー・アラン・ポーを」

「いいですね。ポーと言えば推理小説が有名ですけど、僕は『アーサー・ゴードン・ピムの冒険』が好きです。多彩な小説を書いた人ですよね。文学の世界にジャンル小説というものを築いた作家というか……」

言いながら、専門家を前に浅い知識と読書量でポーについて語っているのが恥ずかしくなってきた。

「じゃあ、お子さんが保育園に入れたら、来年度から大学に戻るんですか？」

「そうですね。今年の夏に出産して、育休は三月までの予定なんです。四月から授業も再開するつもりなので、保育園に落ちるわけにいかなくて」

開講予定だった授業の担当教員が「やっぱり無理です」となったらどうなるのか。今いる教員で時間割が融通できなかったら、非常勤講師の求人が急遽出され、行く当てのなかった講師が一人、職にありつくのだろう。

話をしているうちに、朝彦の後ろに一人並んだ。三十分の間に、さらに二人並ぶ。近くのコンビニへ交替でトイレ休憩に行きながら、栗花落と一緒に並び続けた。

「すみません、一度家に戻って、子供の様子を見てきます」

栗花落がそう言って列を離れたのは、午前二時過ぎだった。産休・育休を取得するときに学科長と揉めたこと、空いたコマを埋めることになった同僚に随分嫌味を言われたこと、彼女が初めて読んだエドガー・アラン・ポー作品が『アッシャー家の崩壊』だったこと、授業でポーを取り上げても最近の学生はピンと来ないみたいだ……なんてことをつらつらと話していたが、思ったより時間はたっていなかった。

「受付開始までちゃんと並んでますんで、八時に来ていただければ大丈夫ですよ。トイレも、前後の人に声をかけて行ってきますんで」

「いえ、万が一、何かあったらまずいので。すぐに戻ります」

忙しない足取りで、栗花落は帰宅していった。幼稚園の正門から伸びる行列は、いつの間にか十人を超えていた。

一時間ほどたって、一人の男が保育園前にやって来た。正門から続く行列を一人、二人、三人と数えていき、朝彦の前で立ち止まる。上半身のシルエットが綺麗に見えるグレーのピーコートを着ていた。

「瀬川さんですか？」

深夜の住宅街には不釣り合いなくらい、第一声が華やかだった。列に並んでいる人間はずっと無言で、ときどき前後の人と交わす言葉も、疲れて低く擦れていた。

「……そうです」

「子供がなかなか寝なくて、妻の代わりに来ました。ちょっと仮眠取らせてます」

山田と名乗った男は、コートのポケットから缶コーヒーを出して、朝彦に手渡した。小さなアルミ缶は、脈打つように熱かった。

「山田さんは、明日のお仕事に支障はないんですか？」

「半休取ってるんで、何とかなりますよ」

朝彦に渡したのと同じ缶コーヒーを開けながら、山田は朝彦の隣に並んだ。背筋がシュッと伸びた、凛とした横顔の男だった。彼も恐らく朝彦と同年代だろう。

「うちの奥さん、カリカリしてませんでしたか？　保活でナーバスになってて、結構大変なんですよ」

「いえ、お仕事の話をいろいろしてくださいました」

「それはよかった。明日の願書提出も、代行サービスの人に朝まで並んでもらって、僕らは受付時間に合わせていけばいいって言ったんですけど、一人で並んでて何かあったら全部無駄になるから駄目だって言って聞かなくて」

確かに、一人で並んでいて、朝彦が体調でも崩して列を外れたら、レンタルフレンドを頼んだ意味がなくなってしまう。認可保育園に落ち、この認可外保育園にも入れなかったら、栗花落は大学に戻れなくなってしまう。

保育園に落ちるわけにいかなくて。その言葉の重みを、今更ながら朝彦は鳩尾《みぞおち》のあたりに感じた。

「大変ですね。保育園に入れるか入れないかで、来年度からの生活が様変わりしてしまうなんて」

「僕は別に、子供が小さいうちは家にいてもいいんじゃないかって思うんですけどねー。落ちたら落ちたで、僕が頑張って二人分稼ぎますし」

とん、と山田が保育園の鉄柵に背中を預ける。

「奥様は……大学でアメリカ文学を研究されてると聞きました」

奥様、奥さん、配偶者、パートナー。何と呼ぶのが相応《ふさわ》しいのか、赤の他人が呼称するのに失礼がないのか、変な含みがなく自然なのか、よくわからない。けれど、山田は気にも留めなかった。

「そうです。ミステリー作家のエドガー・アラン・ポーを研究してるんです。復職が遅れると戻る場所がなくなるかもしれないとか、教え子の卒業論文を責任を持って指導してあげたいとかで、どうしても四月から大学に戻りたいらしいんです。無理はしてほしくないんですけどねー」

「山田さんは、お仕事は何をされてるんですか？」

「商社に勤めてます。職場は大手町なんですけど、僕も妻も通勤に便利だってことで、この近くにマンションを買ったんです」

大手町の商社勤めかあ。すぐさまあの界隈にある超大手商社の社名がぽんぽんと浮かんで、朝彦は溜め息をつきそうになった。

「このへんは保活激戦区らしくて妻は嫌がったんですけど、子育てしながら働くなら職場の近くの方がいいでしょって説得したんです。いざ保活が始まったら予想以上に大変だし、妻はピリピリするし、困っちゃいましたけど」

そうなんですね、と相槌を打って、ほどよくぬるくなった缶コーヒーを開けた。飲み口に息を吹きかけ、中身を口に含む。隣で山田も同じようにした。

無糖コーヒーの苦味は、舌に突き刺さるように鋭い。足と指の先に染み込んでいた寒さが、ほのかに緩まった。

「僕は結婚してないので、保活がこんなに大変だなんて、想像以上でした」

「共働きで育児するって、そういうことですからね。子供も仕事も両方取るっていうなら、それ相応の苦労はしないとってことですよ。僕もばっちり協力しますし」

暗がりに似合わない晴れやかな口振りに、朝彦は缶コーヒーを呷《あお》った。

山田はお喋りな性格らしく、仕事の話題に始まり、大学は経営学部だったこと、学祭実行委員会に入っていたこと、栗花落ともそこで出会ったことを話してくれた。

空は東から少しずつ白んでいき、朝日が強くなるのに合わせて行列が伸びるスピードは増した。保育園の敷地に沿って列は角を曲がり、最後尾が見えなくなった。恐らく、もう三十人以上並んでいる。

山田のスマホが鳴ったのは午前六時過ぎだった。

「そろそろ妻と代わります」

スマホを確認した山田は、「あと一息、よろしくお願いします」と朝彦の手から空になったアルミ缶を取り上げた。

「山田さんも、お疲れ様でした」

「家に帰って仮眠取ろうかな。娘が起きちゃったらそれどころじゃないかもなあ」

どこか楽しそうに呟いて、山田は去っていった。三十分とせず、栗花落がコンビニのレジ袋をぶら下げてやって来る。

「一晩、ご苦労様でした」

どうぞ、と差し出されたのは、肉まんとホットの蜂蜜レモンドリンクだった。

「ありがとうございます。仮眠は取れましたか？」

「ええ、おかげさまで」

オレンジ色のキャップを外し、ペットボトルに口を寄せる。蜂蜜の甘い香りが鼻先を掠《かす》め、眠気が少しだけ晴れた。甘酸っぱいドリンクが、コーヒーで乾いた舌に染み込む。

「夫はいい話し相手になりましたか？」

「お話し好きな方だったので、楽しかったですよ」

遠慮なく肉まんにかぶりついた。夕食は八時に済ませたから、十時間ぶりの食事だった。それもただの肉まんではない。普通の肉まんより五十円高い特選肉まんだ。普通の肉まんより肉が大振りで、玉ねぎと椎茸《しいたけ》が甘い。

朝彦の隣で、栗花落も肉まんを頬張る。しばらく無言で、互いに顎を動かした。

「瀬川さんって、下の名前は朝彦さんっていうんですね」

二人がほぼ同じタイミングで肉まんを食べ終えたところで、栗花落が再び口を開く。

「ラペーシュの方とオンライン面談をしたときに見せられた、瀬川さんのプロフィールを、ふと、思い出して」

「そうですね。あんまりない名前なんで、よく珍しがられます」

「難しい漢字を使ったり、変わった読み方をしてるわけじゃないけど、個性があって素敵な名前だと思います。苗字と合わせると、朝の綺麗な水辺が思い浮かびます」

「ありがとうございます。僕も、実は結構気に入ってるんです。でも由来はすごく単純で、生まれた時間帯が朝だったからってだけなんですけどね」

父曰く、見事なくらい綺麗な朝焼けの中、朝彦は生まれてきたのだという。息子が生まれたことに感激していたから一際美しく見えただけな気がしなくもないが、そういうわけで朝彦は朝彦という名前になった。雨の日だったら雨彦になったかもしれないし、雪の日だったら雪彦になったのかもしれない。

そう考えると、あの日が朝焼けでよかったと思う。

「私も自分の旧姓が好きでした。結婚して山田になるの、すごく嫌だったんです」

憤りを体から追い出すように栗花落は鼻を鳴らし、こちらに視線を寄こす。「瀬川さんなら、わかりますよね？」と首を傾げて見せた。

「研究者にとって苗字が変わるのがどれほど大きなことか、同業者である瀬川さんなら、わかりますよね？」

肩を小突かれたような錯覚に襲われ、一歩だけ朝彦は後退《あとずさ》った。目を瞠った姿がそんなに面白かったのか、栗花落はくすっと頬を緩めた。

「すみません。自分から言わないということは、言いたくないのかなと思ったんですが」

「……どうしてわかったんですか」

どうして、って……一瞬だけ困った様子で眉を寄せた栗花落だったが、すぐに自分の顔を指さしてこう続けた。

「私が英米文学科の教員だって言うと、大概の人は『英語の先生なんですか？』って聞くんです。大学教員も高校教員も同じに見えてて、教員が大学で何かを研究してるって発想が浮かばないんでしょうね。でも、瀬川さんはすぐに私の専門を聞いてきました。だから、この人も研究者なのかなと思って」

「え、そんなことで、ですか……？」

「あと、私の苗字を一発でわかってくださった上に、由来までもすらすら答えたこと。ポーを推理作家としてだけでなく、冒険小説やホラー小説を書いた作家として認識してるのも、『アーサー・ゴードン・ピムの冒険』をさらりと出してきたのも。こう……教養の欠片《かけら》みたいなものが感じ取れたというか、文学の世界を生きる人の匂いがしたというか」

微笑みながらも、栗花落は朝彦の顔をまじまじと凝視していた。微笑んでいるのに、目は磨《す》りガラスのように平坦な色をしている。

「苗字を失ったのが、本当に、研究者として痛いんです。栗花落光としての私の研究と、結婚後の山田光としての私の研究が、綺麗に分断されちゃいました」

研究者の実績を確認する手っ取り早い手段は、論文目録やデータベースでその人の書いてきた論文を確認することだ。いつどんな論文を書いたか、どんな雑誌に論文が載り、どんな学会で発表され、どんな論文に引用されたか、どんな評価を受けたか。その積み上げが研究者としてのキャリアになる。

結婚で改姓をすれば、改姓前の実績と改姓後の実績が断絶してしまう。所属する大学や学会の制度上、旧姓を使い続けられない場合もある。論文目録やデータベース上で旧姓と改姓が混在し、改姓から旧姓の頃の論文を検索できない問題だって発生する。

「論文にも栗花落の苗字を並記してますけど、データベース上での検索精度は下がります。見る人がみんな、この人は結婚して改姓してるかもしれないから、なんて配慮をしてくれるわけでもないし」

ふう、と一息ついた栗花落が、自分の分の蜂蜜レモンを呷る。蜂蜜の甘みも、レモンの酸味も味わうことなく、ペットボトルの底を夜明けの空に向けて、ぐび、ぐび、ぐびと喉を鳴らした。

「だから、苗字が変わるのが嫌だったんですよ。でも、どちらかの姓を選ぶしかないなら、そりゃあ夫が優先です。夫の方が稼いでますし、私一人の稼ぎじゃ何も支えられないし。現実的に考えて、私が山田になるのが一番いい」

納得はしているし、受け入れてもいる。でも、憤りがないわけではない。栗花落の頬骨のあたりには、そんな本音がはっきりと書いてあった。

「子育ても、私の方に負担が大きいのも仕方がないなって思います。夫は稼いでるから、子育てまで綺麗に半分なんて、虫がよすぎる。それは私が納得して選んだことなので、その範囲内で仕事を続けるために、何だってやってやろうと思ってます」

「願書提出のためにレンタルフレンドを頼んだり？」

栗花落は声を上げて笑った。ペットボトルの飲み口に前歯が当たって、かかっと小気味のいい音を立てた。

「私がレンタルフレンドを頼みたいって提案したら、夫は『そんな大袈裟な』って呆れてましたけどね」

朝彦のペットボトルが空になっているのに気づいた栗花落が、「どうぞ」とレジ袋の口を広げた。肉まんの包み紙、空になったホット蜂蜜レモンのボトルが二つ収まり、ギュッと口が結ばれる。

「いろいろ愚痴を言いましたけど、明るくて気さくで、ポジティブな男なんですよ。仕事もできるんです。家事も育児もめちゃくちゃサポートしてくれます。本は読まないけど、映画は好きな人です。何もかも完璧な人じゃないけれど、完璧じゃないところを我慢できるくらいには、愛してもいます」

最後の言葉が気恥ずかしかったのか、栗花落はもう一度レジ袋の口を固く結んだ。

「正直言うと、研究者として一人で生きていくのが不安だったから、安定したくて結婚したんです。まさか、結婚して子供ができたせいで研究をやめなきゃいけないかもしれないなんて、思わなかったですけど」

ここで打つべき最適な相槌が思い浮かばず、絞り出せたのはか細い呻き声だった。

栗花落の話を聞きながら、腹の底で彼女を羨ましいと思っていた。自分にも稼ぎのいいパートナーがいて、多少の苦労やリスクを背負いながらも大学で研究を続けられるなら、喜んで飛びつくのに。

いいじゃないか。あなたはそれでも、研究者でいられるんだから。絶対に口にできないが、そんな本音が胃袋の下の方で渦巻いていた。わかっている。彼女には彼女の苦労があり、彼女にしか見えない景色がある。羨ましいなんて思うのは身勝手だ。

「私はお金を取ってこられる研究者でもないし、この道の先に何か大きな幸せがあるとも限らないし。文句を言い出したら切りがないですが、それでも、研究者として一人で生きていくよりは、ずっと心強くて幸せなんですよ。このまま研究の道を諦めて別の仕事をしながら子育てっていうのも、やってみたらそれなりにいいもんなんだろうな、って思っちゃうし」

矛盾してるなあと言いたげに肩を揺らして笑う栗花落と、何も言えずぼんやり空を見上げた朝彦の前を、一組の夫婦が通り過ぎる。父親の胸には、生後数ヶ月の赤ん坊が抱かれていた。

「ええっ、もうこんな並んでるのぉ？」

母親の方が呆然と足を止め、行列の先頭から曲がり角まで何度も視線を行ったり来たりさせる。どうやら、彼らも願書提出に来たらしい。

「なにこれ、みんな徹夜で並んでたってこと？」

狡《ずる》いじゃん。徹夜で並ぶのは自粛してって説明会で言われたのに。ちゃんと守った人が馬鹿みたいじゃん。朝彦達に聞こえるように繰り返す母親を、子供を抱いた父親が「と、とりあえず、早く並ぼう」と急かす。二人の姿は曲がり角の向こう――どれくらい伸びているのかわからない行列の最後尾へ消えた。

陽が高くなるにつれて、同じような人が何人も現れた。夫婦揃ってだったり、母親もしくは父親一人だったり、子供を同伴していたり。中にはあからさまに行列の前の方に向かって悪態をつく人もいた。

朝彦の周辺はそのたび、ぼんやりとした一体感に包まれた。子供を産むのも自己責任。子育てをしながら仕事をするのも自己責任。すべては自分で選んだことだから文句を言えない。そんなサバイバルレースの一つの関門を、自分達はしっかり戦略的に勝ち上がったのだという、濁った優越感。

「このあたりの保活がどれだけ厳しいか、ちゃんと調べないのが悪いんですよ」

ぽつりとこぼした栗花落に、朝彦は何も言わず頷いた。

「調べて、対策して、頑張ってきた人間に、何もせずのほほんとしていた人間が文句を言わないでほしい」

栗花落の視線が行列の先頭に向く。一番前に並んでいた若い男のもとに、朝彦と同世代らしき夫婦が近づいた。若い男は父親の方から封筒を受け取り、「どうもです！」と笑顔で会釈して去っていった。どうやら、彼も朝彦と同じく、雇われて列に並んでいたらしい。

若い男に代わって、その夫婦が行列の先頭になった。

しばらくすると、保育園の駐車場に車が入っていくのが見えた。スタッフが出勤してきたようだ。初めてのレンタルフレンドの仕事も、いよいよ終わるらしい。

「子供は愛しているし、夫も愛しているんです。強がりとかじゃなく、本当に」

唐突にそんなことを言い出した栗花落に、意外とすんなり「そのようですね」と返すことができた。

「でも、その愛では埋まらないものがあるんですよね。研究者としてやりたかったこととか、今後のキャリアとか。結局それも、自然に埋まるのを待つんじゃなくて、自分の意志で埋めようと思えば、埋められちゃうのかもしれないけど」

がさがさと音を立て、手持ち無沙汰な様子で栗花落がレジ袋の口を再び開く。

「愛しているけど縛られたくないっていうのは、我儘《わがまま》なんですかねえ」

答えも相槌も求めていないようだったから、何も言わなかった。レジ袋の口をもう一度ぎゅっと結んだ彼女に、「ゴミ、捨てておきますよ」と手を差し出した。

「そろそろ門が開きそうですし。僕の仕事もここまでですね」

直後、保育園の玄関扉が開け放たれるのが見えた。

「すみません、ありがとうございます」

栗花落がゴミの入ったレジ袋を渡してくる。空気が抜けてくしゃくしゃになった袋の中で、二つのペットボトルがカツンとぶつかり合った。

「瀬川さんの専門をお聞きしてませんでしたね」

何を研究されてるんですか？　と首を傾げた栗花落に、ゴミをリュックにしまい込みながら朝彦は答えた。

「上代文学です。古事記の中の文学的表現について、研究してます」

「ええーっ」

面白そうと大変そう。二つが混ざり合った感嘆の声に、苦笑いがこぼれる。

でも、彼女の顔はさっきより少しだけ晴れやかだった。朝日のおかげでそう見えただけかもしれないけれど。

「そういう話を、もっとすればよかったですね」

直後、園庭を職員がこちらに駆けてきた。正門の鍵を開け、そこから伸びる行列の長さに、一瞬だけ顰めっ面をする。

「大変お待たせしました。先頭の方から順番に、中へ進んでください」

零時前から息を潜めていた列が、脱皮する蛇のように、のそりのそりと動き出す。

朝彦はその列から外れ、栗花落を見送った。

「頑張ってください」

そう言って手を振りながら保育園の敷地に入っていく彼女に、朝彦は深々と頭を下げた。自己責任で雁字《がんじ》搦《がら》めになった背中が遠ざかっていく。

保育園を求める保護者の列は進む。一晩の間に成長した大きな体を見せつけるように、朝彦の前を通過していく。

東池袋駅のほど近くに、栗山の経営するラペーシュのオフィスがある。普通のマンションをオフィスとして借りているだけらしいが、表札にはきちんと「La pêche」と社名のプレートが掲げられていた。

インターホンを押すと、栗山がすぐにドアを開けてくれた。

「初仕事、お疲れ様」

「社長なのに出勤が早いのな」

ラペーシュには栗山以外に二人の社員がいるはずだが、まだ午前九時前だから、1DKの広々としたオフィスには栗山しかいなかった。

「社員を動かすと人件費がかかるからねえ。社長が動くのが手っ取り早いんだよ」

備えつけのコーヒーメーカーで栗山がコーヒーを淹れてくれた。ミルクとスティックシュガーを一つずつ、手渡してくれる。

「で、初仕事で何かあった？　別に大きなトラブルはなかっただろ？」

栗花落と別れてすぐ、栗山に「話したいことがある」と連絡を入れた。「それじゃあ会社で会おう」とここを指定されたのだ。

iMacの大きなモニターが置かれたデスクに腰掛けた栗山が、近くにあった椅子を勧めてくる。遠慮なく腰を下ろし、淹れ立てのコーヒーに砂糖とミルクを入れて、一口飲んだ。未明に飲んだ缶コーヒーより、ずっと甘かった。

「依頼してきた人が研究者だったって、栗山は知ってたのか」

栗山はすぐには答えなかった。マイカップの中のコーヒーを揺らし、ふーっと息を吹きかけ、飲まずに朝彦を一瞥する。

「知ってた。俺が面談した人だから」

「そうか、やっぱりな」

両足を投げ出して、コーヒーを啜る。気温が低い中で一晩中立っていたから、すっかり足がむくんでしまった。足首を回すたび、関節が軋んだ音で鳴る。

「別に、研究者だから瀬川を回したんじゃなくて、たまたまだからな？　徹夜ＯＫ、屋外で行列に並ぶのもＯＫなスタッフって、実は少ないんだ」

もっともらしいことを言うが、他に条件の合うスタッフがいたとしても、栗山は朝彦を派遣しただろう。意図があるというより、何かが起こるかもしれないという予感に導かれるまま、そうしたはずだ。

なら、俺が一晩で得たものを、栗山にもわけてやろう。先日、自分のことを「つまらない人間」だと言った、栗山に。

栗花落と話している間、ずっと栗山の顔が脳裏にちらついていた。二人とも苗字に「栗」の字が入っているから……という理由だけではない。

「瀬川、怒ってるの？」

「いや、怒ってないよ。エドガー・アラン・ポーが専門らしくて、いろいろ話ができて楽しかった」

茶色く濁ったコーヒーを見下ろす。朝彦の下顎が、ぼんやり映り込んでいた。

「何を抱えて、代わりに何を捨てて生きていくかって選択は、下した直後はしんどいはずだ。でも、何かを諦めても、意外と別の幸せは転がってるんだと思う」

あえて抽象的な言い方をしたが、どうやら栗山には伝わったようだ。カップに両手を添えたまま、雨に濡れた野良犬のように朝彦を見下ろす。ブラインドから差す午前中の白い光が、栗山の白目に反射する。

「そんな話をしてたのか？　保育園の願書提出の列に並びながら？」

「まあね」

自然と笑いが込み上げてきた。この言葉を嚙み締めるべきは自分の方だなと、改めて思う。栗山はもう〈選んだ〉のだ。栗花落だってそうだ。二つの可能性を前にたたずんでいるのは、朝彦の方なのだ。

「朝飯、もう食べた？」

コーヒーを飲み干した朝彦に、栗山が聞いてくる。

「まだ。腹減った」

「じゃあ、食いに行くか。近くにモーニングをやってる喫茶店があるんだ。ドリンク一杯ででっかいトーストとサラダとヨーグルトがついてくる」

「いいね」

そのモーニングも、「二人で千円だし」と笑いながら栗山が払ってくれた。レジ袋に詰められたゴミを捨て忘れていたことに気づいたのは、家に帰ってからだった。

初仕事の給料は、翌日には振り込まれた。ラペーシュでは一つの案件あたり五千円から一万円というのが相場らしいが、深夜料金やら、長時間行列に並ぶことを加味した割増料金が適用され、朝彦が手に入れた金額は三万円にもなった。

非常勤講師の給料は、一コマ八千円。授業の準備やレポートの採点を含めたら、時給換算で二千円といったところか。もちろん、授業外の時間に給料は発生しない。家でどれだけ時間をかけて授業資料を作ろうと、「単位が出ればいいや」という本音が前面に出た何十人分というレポートを読み込もうと、時給には換算されない。

だから、わからなくなった。一コマ八千円と、一晩行列に並んで三万円の価値を、自分の中でどうバランスを取ればいいのか、わからなくなった。

間章　丸暗記の私に

とりあえず人の役に立つことをやっていれば、咎《とが》められることはない。ビニール袋にレトルト食品や缶詰を詰めながら、三嶋《みしま》美景《みかげ》はふとそんなことを考えた。この作業をしているときは、いつだってそうだった。

「美景ちゃん、ちょっとこっちを手伝ってくれない？　そこは手が足りてるから」同じサークルのアヤコ先輩が、苛立った声で美景を呼んだ。「もっと周りを見て仕事をして」と非難されはしないが、先輩の目はまんま同じことを言っていた。

大鍋の前で先輩はご飯の盛られた紙皿にカレーをよそい、美景はそれに茹で野菜や唐揚げをのせ、福神漬けを添えて列に並んだ人々に手渡す。

「お嬢ちゃん、ありがとね」と笑ってカレーを受け取った男性は、歯が三本しかない。次の男性は、もともと何色だったのか判別すらもできない白茶けたトレーナーを着ていた。

列に並んだ人々は、みんな同じ臭いがする。積み重なった埃と、皮脂が合わさった臭い。要するにお風呂に入っていない臭い。

広島駅から徒歩十分ほどのこの公園では、月に一度、ホームレスや生活困窮者向けの炊き出しと生活必需品の配布が行われている。公園の隣にある教会と、広島市内で活動するNPO法人が主体となって開催しているのだが、美景の通う大学のボランティアサークルでは、毎月その手伝いをしていた。

公園の一角にテントを張り、カレーや豚汁を作って振る舞い、食べ物を配る。夏は熱中症予防の塩タブレットやスポーツドリンクを、冬はカイロや厚手の衣類を配る。些細な支援だが、それでも毎月大勢のホームレスが公園にやってきた。

ホームレスに偏見などない。自分は人を差別できるようなタイプの人間じゃない。そうは思うものの、特別な趣味も特技もないし、就職活動のときにちょっとでも加点ポイントになったら……という不純な気持ちでサークルに入った美景からすると、月に一度、どんくさい自分を思い知らされる気が重いイベントだった。

「美景ちゃん、もうちょっとだけペース上げて」

アヤコ先輩に急かされ、美景は「はいぃ」とトングでピーマンを引っ摑んだ。カレーをよそう先輩はテキパキとしていて、美景の前には野菜の盛りつけを待つ皿が三つも並んでいた。

それでも、盛りつけを適当にして野菜の量にばらつきがあると、「どうしてあっちの方が量が多いんだ」とクレームが出かねない。結局、急いでいるポーズをするのが精一杯で、ペースは早くならなかった。

配布開始前はテントの前が長蛇の列だったが、正午を過ぎるとだいぶ落ち着いてきた。そうなると今度はホームレスではない人達が恐る恐る、探り探り、テントに近づいてくる。

ホームレスに比べると身なりも綺麗で、見るからに歯もちゃんと生えていて、二十代から三十代の、比較的若い人が多い。美景達のような若いボランティアスタッフに気さくに話しかけることもなく、恐縮しきった様子でこちらと目も合わせずカレーを受け取り、豚汁を受け取り、バナナを受け取り、生活必需品の入った袋を受け取り、公園の隅で縮こまる。

「ああいうのって、OKなんですか?」

炊き出しが落ち着いたからと片づけを始めたところで、先月サークルに入ったばかりの後輩が、小さく小さく、そうこぼした。視線は遠慮がちに、今しがたカレーを受け取った鮮やかなグリーンのカーディガンを着た男——自分達とそう歳の離れていない男性に向けられていた。

「絶対、支援が必要な人じゃないですよ。みっともない」

身なりも綺麗だし、髪はちゃんとセットしてあるし、何なら美容院でパーマをかけているのが丸わかりだし、それに若い。ここに来るより前に、バイトだって何だってできるはず。ぶつぶつと続けた彼女の顔は、自分だけが真面目にテスト勉強をしたのに、友人達は先輩からもらった過去問でバッチリ対策をしていた……そんな顔だった。

要するに、ズルをしている。多くの人は自分でお金を稼いで、日々やりくりをして頑張って生活しているのに。あの人は無料で食べ物と支援品を受け取っている狡い人だと、彼女は言いたいらしい。

「ああ、うん、でも、それはね」

自分の方が一年先輩なのに、上手い言葉が出てこない。怖い先輩と思われないようにとあれこれ言葉を選り好みしているうちに、アヤコ先輩が美景の背後で盛大な溜め息をついた。

「あなたの目って、そんなになんでもお見通しなの？　それとも、世の中のことを全部理解できるほど、人生経験が豊富なのかしら？」

教会の職員やＮＰＯスタッフがいる手前、先輩は笑顔だったし、声も荒らげなかった。でも、どうしたって目は笑ってないのだ。

「でも」

うわ、口答えしたよ。後輩とアヤコ先輩を交互に見ながら、美景は頭を抱えた。

「あのね、ボロボロの服を着て、今にも倒れちゃいそうなくらい痩せてて、泣きながら『助けてください』って言う人だけが、困ってる人じゃないの」

美景も、ボランティアを始めた頃に後輩と同じようなことを考えた。さすがに口には出さなかったけれど、ＮＰＯのスタッフが先輩と似たような話をしてくれた。

バイト先の飲食店が閉店してしまって、フードデリバリーで生計を立てていたら、体調を崩して働けなくなった。貯金もなくて、この週末を乗り切るだけの食べ物がない。そういう理由でこの公園にやってくる人もいるという。

ちゃんと就職しないでバイトなんてしてたのが悪い、フードデリバリーを始めたのが悪い、万が一に備えて貯金していなかったのが悪いって思う人もいるかもしれないけど、ここでボランティアするなら、そうは考えないようにね。

NPOのスタッフにそう助言されて、仮にそう思ったとしても、表には決して出さないようにしようと決めた。じゃないと私は、思考が浅くて視野が狭くて人権意識の低い〈酷い人〉になってしまうから。

「あなただってさ、親が突然学費を払えなくなったら、退学するしかないでしょ？　何とかバイト先を見つけたのに、バイト先が潰れたり体調を崩したりして働けなくなって、親も助けてくれなかったら？　今は助けなんていらないって思っても、人って結構あっという間に転んで立ち上がれなくなるんだよ」

後輩は、納得はしていなかった。理解する・しないの枠を超えて、他人がいる前でお説教されたことに対する不満の方が、彼女の中で大きく大きく膨らんでいる。他人を自分の物差しで「支援が必要だ・必要じゃない」と勝手に測るな、なんて話は、もうどうでもよくなっているはずだ。

「はい、気をつけます」

渋々という様子で頷いた後輩を、アヤコ先輩はそれ以上は咎めなかった。

自分だって、いつ転んで立ち上がれなくなるかわからない。頭ではわかっていても、自分はそうはならないという不思議な自信がわいてしまうのは、どうしてなのだろう。

それが理解できない限り、自分はいとも簡単に〈酷い人〉になってしまう気がした。日本史のテストのためだけに、意味もわからず年号と人物の名前を丸暗記しているようなものだ。

だから、美景は後輩を愚かだとは思えなかった。同じように、アヤコ先輩のことを手放しで「さすがアヤコ先輩！」と賞賛することもできない。してしまったら、それはやはり丸暗記なのだと思う。

ホームレスと生活困窮者の支援をサークルで手伝うことになったと両親に伝えたとき、二人とも「え、大丈夫なの？」と言った。そーゆー人達に関わって大丈夫？ という顔だった。

「違うんだよ。ホームレスを差別したいわけじゃないんだよ。ただちょっと美景が心配だったんだよ」

父はすぐさまそう弁解した。

「そうそう、そういうボランティアってすごく大事。でも、安全かどうかだけはちゃんと確かめないとね」

そうつけ足したのは、母だ。娘を心配してくれたのだとわかる。現に、炊き出しを振る舞っている最中、セクハラっぽい言葉を投げかけられて不愉快だったこともある。

ホームレスを支援するボランティアは必要なことだし、素晴らしい行い。でも自分の娘が関わるとなると「え、大丈夫なの？」になる。家の側の公園でホームレスが暮らし始めたら、嫌な気分になる。

そういうものが、きっと世の中にはたくさんある。存在を理解している。存在を受け入れている、支援の必要性も認識している。でも、身内に、クラスメイトに、同僚に、ご近所さんにいたら、嫌だ。多様性という言葉で覆い隠されて、必死に丸暗記したもの。丸暗記だから、深く追及されたら答えに困ってしまうもの。

それでも、そういう世界で生きていくなら、〈酷い人〉になってはいけない。〈酷い人〉と認定されたら、一生そういう人として後ろ指を差される。丸暗記でいいから、理解のある人にならないといけない。だから、とりあえず人の役に立つことをやっていれば、咎められることはない。

この公園でボランティアをするたび、美景はそう思う。

「美景ちゃん、残ってるカレー、あそこのお兄さんにも持っていってあげて」

テントの撤収をしながら、NPOスタッフに頼まれた。彼が顎でしゃくった先には、四十代くらいの男性が一人でベンチに腰掛けていた。側には、教会の職員が用意した無料のスマホ充電スポットがある。とりあえずスマホが使えれば何とか日雇いの仕事ができるという人々が、入れ替わり立ち替わり充電していくのだ。

眼鏡をかけたその男性も、スマホを充電していた。くたびれたリュックを抱いて、充電器に繋いだスマホを膝にのせ、ぼーっと午後の空を眺めている。

「炊き出しには並ばなかったんだけど、ちらちらこっちを見てたから、お腹が空いてるのかもしれない」

言われるがまま、美景は大鍋に残ったカレーを紙皿によそい、残っていた野菜を盛りつけ、男性のところに持っていった。

「すみません、カレーが残ってしまったので、よかったらご協力いただけませんか」

男性は数拍置いてから美景に視線を寄こした。美景が抱えたカレーを、凝視する。

「……いいんですか？」

「残ってしまった分を片づけるのも、なかなか大変なので」

決して、あなたが可哀想に見えたから恵んでいるわけではありません。私達の手間を減らすために助けてほしいんです。そう伝わるように、美景はぺこぺこと小さな会釈を繰り返した。

自分が〈可哀想な人〉に見られているとわかった途端、「私は大丈夫です」と去って行ってしまう人が多い。これも、NPOのスタッフが以前教えてくれた。

「ありがとうございます」

笑顔でカレーを受け取った男性は、「いただきます」と丁寧に合掌してからスプーンを口に運んだ。はぐ、と音が聞こえそうなくらい、綺麗で愛嬌のある食べ方だった。

食事には邪魔だろうに、お腹側に抱えたリュックを地面に置きもしない。

「美味しいです」

「コーヒーが隠し味らしいです」

「なるほど、苦さで味に深みが出るんですかね。今度作ってみようかな」

なんて言うが、この人にはちゃんと家があるのだろうか。

とても頭のよさそうな人に見えた。小学校、中学校、高校で、学年に一人二人いた、勉強ができる人の顔だ。苦しんで勉強していい成績を出すのではなく、勉強するのが面白くて、楽しくて、必然的にトップが取れてしまうタイプの人。

こういう人は、どういう経緯でここで私なんかに気を使われながらカレーを食べる羽目になるのだろう。

「お皿はあとで回収に来ますので」

長く話すとこちらの汚い疑問が相手に見えてしまう気がして、美景はテントの片づけに戻った。先ほどアヤコ先輩に叱られた後輩は、ぶすくれた様子でゴミを袋にまとめていた。

調理器具を教会の給湯室で洗って公園に戻ると、先ほどの男性に一人のホームレスが話しかけていた。タツさんと呼ばれる常連のホームレスだ。ぼろぼろの野球帽から白髪をはみ出させ、肌の色が全体的に黒く煤《すす》けている。それでも、ホームレスとして生きるのが気楽で楽しいのだという。

ああいう人も、後輩に言わせれば「自分から進んでホームレスをやっている人を助ける必要ってあるんですか？」なのかもしれない。

「お兄さん、あんまり見ない顔だね」

タッさんが男性の肩を叩く。カレーを咀嚼しながら、男性は戸惑い気味に「はあ」と頷く。

「そろそろ夜が冷えるようになるから、気をつけた方がいいよ」

ベンチは寝転べないデザインになってるし、屋根のある場所はトゲトゲのオブジェが生えてて寝泊まりできないし、参っちゃうよな。排除アートって言うんだってな、アレ。南口の地下通路がなくなったのも痛いよなあ。一人で喋り続けるタツさんに、男性は相槌を打つタイミングがなかなか摑めないようだった。

タツさんは、彼を新入りのホームレスだと思ったのだろうか。着ているものこそちょっとくたびれているし、口元には食生活の乱れを感じさせる大きなニキビがあるけれど、ホームレスには見えない。臭いだって……しなかった。

タツさんは、男性にここ以外でホームレス向けの炊き出しをやっている場所と曜日まで教えていた。もしかして、ベテランホームレスの勘なのだろうか。

「頑張ってね！」

タツさんは男性をそう激励し、美景達に「また来月ね」と手を振って去っていった。

男性がカレー皿を捨てるために美景のもとにやって来たのは、そのすぐあとだった。

「ごちそうさまでした」

丁寧に頭を下げた彼に、美景は「いえいえいえ」と繰り返す。

「お陰様でお鍋も綺麗にできて、こちらこそ助かりました」

紙皿をゴミ袋に放り込み、これであとは撤収をするだけになった。背後では、NPOのスタッフ達が軽ワゴンにテントの骨組みや調理器具を積み込んでいる。

「先ほどは、ああいう言い方をしてくださって、ありがとうございました」

「え？」

「『ご協力いただけませんか』と言われなかったら、カレーを受け取れなかったと思います」

ああ、さっきは、コーヒーを隠し味にしたカレーを今度作ってみようかなと言っていたのに。この人は、自尊心を守る仮面を自分で剝がしてしまったのだ。

剝がさせたのは、タツさんだろうか。それとも、私なのだろうか？

「いえいえ、そんな……」

上手い言葉が出てこない。この人を傷つけないための言葉を、出せない。

「ご協力いただけませんか」だって、NPOのスタッフや先輩から「そう言え」と教えられたから、やったに過ぎないのに。

美景の胸の内をよそに、男は爽やかに一礼して、公園を出ていった。リュックサックを抱いたまま、軽快な足取りで広島駅の方へ向かって行く。

来月も来てくれるといい。いや、来月は来ないといい。この場所から大勢の人を見送るとき、どちらを願えばいいのか、未だにわからない。

「美景ちゃん、もう撤収するよ」

アヤコ先輩に呼ばれた。返事だけはせめてきびきびしようと、美景は「はい！」と喉を張った。

第三章 何か、役に立ちましたかね

何だこれ、高級な味がする。

そう声に出しそうになって、食べ物と一緒に飲み込んだ。側に置かれたハガキサイズのメニュー表には、「真鯛のロティ　レモンと干し海老のソース」と書いてある。

なるほど、真鯛ですか。真鯛って美味しいですよね。そんな表情を慌てて繕う。

隣で、高校時代の吹奏楽部の仲間である里中《さとなか》が「わあ、このソース、美味しい」と二口目をナイフで切り分けながら微笑む。彼女の担当はフルートで、新婦とは三年間同じパートだった。

高校のときは部活一筋だった彼女も結婚かあ。感慨深い表情とはこんな顔だろうかと首を傾げながら、高砂席の新郎新婦を見つめた。

白いタキシードとウエディングドレスを着た二人が、内緒話でもするように笑い合った瞬間だった。そこに新郎の上司らしき人が挨拶に現れ、途端に二人とも表情を引き締める。新郎も新婦も仕事ができそうな凜としたたたずまいをしているし、出席者の顔ぶれからも、いい会社に勤めているのがぼんやりわかった。品がなかったり、みすぼらしかったり、この空間の雰囲気にそぐわないタイプの人間がいない。

なのに、どうして新婦は高校時代の友人役として、レンタルフレンドを依頼してきたのだろう。

それも、朝彦一人ではなく、「同じ部活の仲間達」として、五人も。朝彦と同じテーブルで料理を囲んでいるのは、全員、ラペーシュのレンタルフレンドなのだ。

「サリのドレス、何度見てもキレーね。大人っぽくて素敵」

隣に座る里中が話しかけてくる。売れない舞台役者をしているという彼女には、「新婦と一番仲がよかった」という難しい役が与えられた。朝彦は「部長をしていた新婦の尻に敷かれていた副部長」という役回りだ。ドレスのデザインの善し悪しなどまるでわからないから、とりあえず「そーだね」と返しておいた。

自分達はとにかく、同じ部活で切磋琢磨した仲間の結婚を祝っていればいいのだ。「お前は一番楽なポジションだから」と栗山が気を利かせてくれたのだから、滅多に食べられない高級フランス料理を腹一杯食べて、引き出物をもらって帰ろう。

式はつつがなく進行した。オマール海老のスフレグラタンもトリュフがのった牛フィレのグリルも美味かったし、立派なウエディングケーキも無事入刀されたし、里中の友人代表のスピーチもさすがに見事なものだ。お色直しをした新婦のピンクのドレスも綺麗だったし、両親への手紙の朗読はなかなか感動的だった。

レンタルフレンド一丸となって臨んだ〈新婦との記念撮影〉も、何事もなく終わった。朝彦が素知らぬ顔で「サリは責任感が強い人だから、夫婦生活は何も心配ないですよ」と新郎に笑いかけると、彼は屈託なく「ですよね！」と頷いた。目の前にいる新婦の友人が、レンタルフレンドだなんて微塵も疑っていない顔だ。

いい式だった。こんないい式をできる人が、どうして――。

「なんで、レンタルフレンドなんて頼むんでしょうね」

里中にそんな疑問を投げかけたのは、結婚式場から充分に離れ、電車を二度乗り換えた後だった。

「ラペーシュの人が言ってましたけど、新婦、ああ見えて高校時代は田舎の荒れてる学校でいじめられてたらしいですよ。吹奏楽部の部長をやってたってのも、多分嘘なんじゃないかな。高校の友達なんて呼ばなきゃいいだけの話なのに、何かあるんでしょうね。〈高校時代の友人を結婚式に呼べない私〉を許せない何かが」

「なるほどね」

式の最中はずっと品よく椅子に座っていた里中だが、この電車に乗り込んだ瞬間に「足いってえ」と右側のパンプスを脱ぎ、足を組んだ。淡いグリーンのワンピースは、舞台用の衣装だという。

「いい会社に勤めて、お金もあって、なんやかんや三十代前半で結婚できちゃうような人にも、背に腹は代えられない事情があるんでしょーねー」

膝の上に置いた光沢のある紙袋を覗き込み、里中が引き出物を確認する。

「あ、カタログギフトだ。結構高いものが載ってますよ。これは五千円のカタログってところか、太っ腹ですね。上司にはもっといいのあげてるんだろうな」

カタログのページを捲《めく》りながらほくそ笑む横顔は、なかなかに下品だった。

里中と朝彦の家は、偶然にも二駅しか離れていなかった。金のない三十代が都内で一人暮らしをすると、自然と同じような土地に集まるのかもしれない。

「じゃ、またご一緒するときはよろしくでーす。よいお年を」

引き出物の入った袋をコンビニのレジ袋でも持つみたいに前後に揺らしながら、里中が電車を降りていく。よいお年を……そうか、もう十二月なのだから、そんな挨拶をする時期か。年が明けたら、三月には雇い止めが待っている。

一人で電車に揺られる二駅は、奇妙なくらい虚しく感じた。友人でもない人の結婚式に出席し、五千円のカタログギフトを膝に抱えて。

レンタルフレンドの仕事を終えた帰りは、よくこんな気分になる。

栗山の言う通り、レンタルフレンドの依頼はそれなりにあった。アパレルショップや家電量販店、アニメショップで限定品の購入代行をしてほしい。カフェで一時間愚痴を聞いてほしい。引っ越しの手伝いをしてほしい。部屋の片づけをしてほしい。楽な仕事から重労働までさまざまで、内容に応じて朝彦の懐に入る金額も変わる。

平均すれば、一案件あたり大体八千円といったところか。非常勤講師としての一コマあたりの給料と一緒だ。

レンタルフレンドの仕事をしていると、ときどき自分の金銭感覚が歪むのが肌でわかる。だってこちらの方がずっと楽で、効率的で、雇い止めに怯《おび》えることもなく働ける。自分の生活を見えない誰かに絞め殺される焦りがない。何より、働くたびに人の役に立っていると実感できる。

研究者を辞めていった大勢の知り合いの気持ちがよくわかった。このままでは、自分もいつか「普通に働こう」と思ってしまうかもしれない。

それでも朝彦は依頼を断らない。そんな違和感を大事にしたところで腹は減るし、家賃や光熱費の引き落とし日は当たり前にやって来る。

駅から自宅までの道すがら、スマホで小柳に電話をかけた。初めてレンタルフレンドの仕事をして以降、こういう気分になったら彼に電話をかけるようになった。

『おかけになった電話は、電波の届かないところにいるか、電源が入って――』

そこで、電話を切る。聞こえてくるメッセージはずっと一緒だ。

＊

小柳の両親は、夫婦揃って随分と体が小さかった。喫茶店のソファ席に沈み込んでしまいそうなくらい、体が萎んでいる。小柳自身はそんな小柄じゃなかったから、これは息子が起こした事件のせいなのだろうか。

「小柳先輩からは、ご実家にも何も連絡はないんですか？」

このたびは息子がご迷惑を……と謝罪してばかりの二人に、このままじゃ埒《らち》があかないと朝彦は問いかける。ブレンドコーヒーに砂糖とミルクを入れている間も、小柳の両親は自分のカップに手を伸ばしすらしなかった。朝彦の隣に座る貫地谷先生が「どうぞ」と促して、皺だらけの手がやっと動く。

「何にもないんですよ」

力なく首を横に振ったのは、小柳の父だ。七十代前半といったところか。朝彦の父より年上だが、父と違って髪がふっさりとしていた。「電話の一つもないんです」と小柳の母が続け、会話は消え入るように途切れる。

小柳の両親が、大学関係者に謝罪回りをするために上京するのだが、朝彦にも会いたいといっている。貫地谷先生からそんな連絡を受けて一週間、こうなることは予想できていた。

小柳の足取りは未だに摑めていなかった。貫地谷先生曰く、大学図書館の人間は「警察がまともに捜査していない」とすこぶるお怒りらしい。

「すみません、僕も先輩について詳しいことは何もわからなくて」

「でも、あなたは博士と仲がよかったって、貫地谷先生が」

小柳の母が、朝彦と先生を交互に見る。

「親しくはありましたが、友達みたいな付き合いをしていたわけではないです。何度か連絡を取ろうとはしてますが、スマホの電源すら入れてないみたいだし」

ということは、貫地谷先生を通して二人も知っているはずなのだ。それでも朝彦に直接会って話したら、答えが変わるかもしれないと思ったのだろうか。朝彦が、レンタルフレンドの仕事のたびに、小柳に電話をかけるように。

「そうですか。そうですよね」

力なく肩を落とした小柳の父に、もう一度「すみません」と頭を下げた。それでも、母親の方が「でも」と食い下がってくる。

「博士が行きそうな場所に心当たりはありませんか。何か荷物を預かったりとか、伝言を受け取ったりとか。あの子、アパートも引き払っちゃってるんですよ。研究のための本がたくさん、たくさんあったはずなのに、全部どこかに行っちゃったんです。博士が大事な本を捨てるわけがないんですよ」

あなた、あの子が失踪する直前に会ってるんでしょう？　そう目で訴えかけられ、唐突に、この二人はどんな気持ちで息子に博士と名づけたのだろうと思った。

小柳の両親は、二人とも小中学校の教員だったと貫地谷先生が言っていた。父親の方は元校長先生だという。頭のいい子に育ってほしいとか、学問を究められるような子になってほしいとか、そんなことを願ったのだろうか。研究の道に進んだ息子を見て、博士という名前をつけてよかったと誇らしく思っただろうか。

「すみません、僕には何もわかりません」

ただ——。閉めたはずの蛇口から水滴がこぼれ落ちるように、言葉があふれた。

「小柳先輩は、そう簡単に研究資料を捨てられる人じゃないです。だから少なくとも、古事記を売り飛ばすなんてことはしていないと信じています」

それしか伝えられないのが歯がゆい。結局、冷め切ったコーヒーに口をつけないまま、小柳の両親は「お時間をいただいてすいませんでした」と席を立った。

「僕らね、実家を売って、年明けから介護サービス付きのマンションに入居するんです。高い買い物でしたけど、私の退職金と貯金を叩《はた》いてね。お盆に博士が帰省したとき、『親のことは心配しないでいいから』って言ったんだけどね」

なんでかなあ、なんでかなあ。何度も首を傾げながら、小柳の父は妻の肩に手を添え、喫茶店を去っていった。もう田舎に帰るのだろうか。それとも、小柳の知り合いに会いに行くのだろうか。

「親の老後を心配しなくていいのは、僕にとってはありがたいことなんですけど」

灰色に濁ったコーヒーをスプーンでかき混ぜて、飲まずにソーサーに戻した。貫地谷先生は薬でも飲むような顔で、コーヒーを飲み下す。

「そうだねえ。僕達の世代と違って、君達や君達より下の世代が真っ当に親の老後を支えるのは、本当に大変だから」

「今はまだ僕の親も働いてますけど、定年退職した親の面倒を見たり、介護をしなきゃならなくなったら、お先真っ暗だなと思います」

　今はむしろ、ピンチのときに親を頼る選択肢がある。だが、いつかそうではなくなる。朝彦が親を支えなくてはならないときが、必ず来る。

「でも、うちの両親はまだ、そのことをそんなに深刻には捉えてない気がします」

　朝彦が不安定な非常勤講師を続けているのも、「若いうちは仕方がない」と彼らは思っている。ぼちぼち気づく頃合いかもしれないが、それでもまず「自分達はきっと大丈夫」と思う。それが楽観的すぎる思い込みだと思い知るまで、もう数年、下手したら十年かかるかもしれない。

　その頃、朝彦は小柳くらいの年齢になっている。

「それは仕方がないよ。子供がピンチなら助けたいと思うけど、うちの子に限って、という気持ちも同時に湧く。子供も親に無様な姿を進んで見せたくないでしょう？」

「ええ、その通りです」

　頷いた瞬間、ふと思い出した。朝彦が大学院進学を決めたとき、父は親戚に「うちのは大学院に行くことになりまして」と自慢したという。自慢なんてみっともないと思いながら、母も「本当に、誰に似たんでしょうね」とにやけてしまったのだとか。

　自然と溢《あふ》れてしまった自慢やニヤニヤには、「これで自分達家族はもう大丈夫だ」という安堵《あんど》が含まれていたはずだ。

自分の生活でさえ手一杯――いや、ままならないのに、どうやって親まで背負えというのだ。介護サービス付きのマンションに入居するからこちらの心配はするな。両親がそんなふうに言ってくれたら、どれほどいいか。

三十五歳のポスドクには幸いなことだが、四十五歳のポスドクにとっては、違ったのだろうか。

*

大晦日の駅前は、普段通り混雑していた。一年の最後を自宅でゆっくり過ごそうという人は意外と少数派なのだろうか、と錯覚するほどだった。

これから夜通しカラオケにでも行って、そのまま初詣に行くのか、大学生のグループが朝彦を追い越していく。かと思ったら、大晦日など知らぬという顔で歩く会社員とすれ違った。

今回の依頼主は奇抜な髪色をした少年だった。「池袋駅西口に午後十一時集合。カラフルなポニーテールだからすぐにわかるはず」というラペーシュからの指示通り、一房ずつ赤、青、白、黒に色分けされたポニーテールの少年が、大きなトートバッグを手にコーヒーショップの前にたたずんでいた。

大振りなシルエットのコートを着込んでいるせいで女の子にしか見えなかったが、

他にこんな髪色の人も見当たらず、朝彦は恐る恐る声をかけた。

「真壁《まかべ》さんですか？」

カラフルな水引細工みたいな髪が揺れ、「はいっ、そうです！」と勢いよく振り返る。少年から青年へと移り変わっていく途中の〈あわい〉を感じさせる声だった。

「真壁在人です。今日はよろしくお願いします」

在人と書いてアルト。ラペーシュからの依頼メールで相手の名前は確認していたが、実際にこうして自己紹介されると、肩胛骨のあたりがふわっと浮き上がるような感覚に襲われる。ただ純粋に、キラキラしてんなあ、と。

「アルトさんって、珍しいお名前ですよね」

自己紹介を終えて、真っ先にそんな話題に入る。向こうも慣れているのか、「ですよねー」と笑みを浮かべて頷いた。

「車の車種にアルトってあるじゃないですか。小学生の頃はよくからかわれました」

「音域のアルトが由来ですか？　それとも……確か、イタリア語で〈優秀〉とか〈才能が秀でている〉って意味があった気が」

「あ、イタリア語の方です。うち、親が二人ともフィレンツェに住んでたことがあって、子供にイタリア語由来の名前をつけてるんです。四個上の兄はモンドで、二つ上の姉はセレノといいます」

モンドにセレノ。一体どんな漢字を当てるのだろう。

「今日は、年越し蕎麦をご一緒に、というご依頼でしたね」

「はい。見ず知らずの他人と年越し蕎麦を食べる。なんかすいません」

彼と年越し蕎麦を食べる。今日のレンタルフレンドとしての仕事は、それだけだ。

真壁の年齢は十八歳だと聞いた。生まれこそ平成だろうが、自分らしく生きるのが何よりも大事だと言いたげな髪色や、周囲から後ろ指を差されないようにと誰かに教え込まれたみたいな丁寧な口調とにこやかな笑みに、「令和の若者だなあ」と思う。朝彦の授業を取っている学生も、みんなこうだ。

相手からほとばしる若さに当てられるとか、自分の中の老いを実感するという話ではない。ただ、時間の流れを感じる。自分が順当に歳を重ねて三十五歳になったという、時間の蓄積を。

「大晦日に深夜営業してるお蕎麦屋さん、調べてあるんです」

はい、と真壁がスマホを見せてくる。画面に表示された地図には、駅から徒歩五分ほどのところにアンカーが打たれていた。

「どうして、年越しの相手が必要だったんですか？」

信号待ちをしながら聞く。肩にかけたトートバッグの位置を直しながら、真壁は「いや〜」と恥ずかしそうに首を掻いた。赤、青、白、黒の派手なポニーテールが、それに合わせて左右に揺れる。

「僕、近くの美術予備校の冬季講習を受けてるんです」

「ああ、すぐそこの」

別のビルに隠れてしまってちょうど見えないが、池袋駅のすぐ近くに美大受験専門の予備校がある。ビルの一階には常に、東京藝大に何人受かったとか、武蔵美や多摩美に何人送り込んだかが、誇らしげに掲げられていた。

「油彩ですか？　それともデザイン？」

「油画科です。東京藝大の油画に行きたくて。もう、毎日毎日デッサンですよ」

信号が青になる。ゆらゆらと横断歩道を渡りながら、真壁がトートバッグの口を開き、中を見せてくれた。スケッチブックにクロッキー帳、大量の鉛筆が入ったケース。外も中も所々黒く汚れたトートバッグから木炭の香りがした。年の瀬も極まった冷たい空気と一緒に、朝彦の鼻先をくすぐる。

「冬季講習、大晦日までやってるんですね」

「年明けは二日から始まりますよ。地元よりこっちの予備校の方が冬季講習ががっつりスケジュールなんで、最後の追い込みにちょうどいいかなと思って、冬季講習だけ申し込んだんです」

「じゃあ、泊まり込みで？」

「館山《たてやま》から毎日通うのはしんどいですからねー。ビジホの長期滞在パックです。それも親が出してくれたんですけどね」

「それは大変だ」

特に、親御さんが。声には出さず、朝彦は肩を竦《すく》めた。

「そうですねー。美大芸大は浪人も多いんで、僕も親も二浪くらいは覚悟してるんですけど……でもやっぱり、現役で受かりたいですよ」

芸大受験のために息子を予備校に通わせ、冬季講習のためにホテルも取ってやり、二浪くらいは覚悟している。ぼんやりとこの子――いや、この子の親の経済力が推し量れてしまう。今時、浪人を簡単にOKする親など希少種だ。朝彦が勤務する大学だって、浪人経験者の姿を年々見なくなっている。

「ご兄姉も芸術系なんですか？」

「モンドは建築学部を出て、今はロンドンに留学してます。セレノはデザイン学科なんですけど、来年はニューヨーク留学するらしいです」

「へえ、すごいですね」

「兄姉がイギリスとアメリカに行っちゃったんで、僕はイタリアにしたらどうだって親が言うんです」

なんだ、そのアーティスト一家は。フィレンツェに住んでいたってことは、親もきっとそっち系の職業なのだろう。これはよほどの成功者で、よほどの金持ちだ。

そうでなければ、息子が大晦日に年越し蕎麦を一緒に食べる相手がほしいというだけの理由で、レンタルフレンドを依頼するわけがない。「そういうことにお金を使うのも楽しいよね」と思えるような環境で、この子は育ったのだ。

口では「すごいですね」と言いながら、妙に下唇が重たく感じるのは、何故か。くるぶしに染み入るような寒さのせいだけではない気がする。

真壁に案内された店は、朝彦が思っていたより二割増しで品のいい店だった。たたずまいから老舗とわかる蕎麦屋の店先では、「年越し蕎麦」という濃紺の幟《のぼり》が柳のように揺れていた。

蕎麦を求める客が店の前に列を作っていたが、二十分も並べば通してもらえた。先月、徹夜で保育園の願書提出の列に並んだのに比べたら、可愛いものだ。

「やっぱり天ぷらかなあ。年越し蕎麦だし、ちょっと豪華にしたいなあ」

お品書きを広げて軽やかに呟いた真壁に、朝彦は笑い出したいのをこっそり堪《こら》えた。お品書きの左上に書かれたかけ蕎麦は、九百円だった。ネギしかのってないのに。

「じゃあ、僕は天ぷら蕎麦の上にします」

支払いは真壁が持つから、朝彦も遠慮なく「じゃあ僕も同じのを」と続いた。普通の天ぷら蕎麦は千八百円。上は二千二百円だった。

店内には蕎麦を食べながら酒を飲む客もいたが、駅前の喧騒に比べたらずっと静かだった。粛々と蕎麦をすすり、年越しまでの短い時間を過ごしている。

「真壁さんのお家は、年越し蕎麦を文字通り年越ししながら食べるんですね」

運ばれてきた天ぷら蕎麦を前に「いただきまーす」と両手を合わせた真壁に、朝彦は聞いた。時刻は午後十一時四十分。あと二十分で新年を迎える。

「え、普通はそうじゃないんですか？」

「別に食べる時間が決まってるわけじゃないんで、地域や家庭ごとにバラバラみたいですよ。僕の実家は、大晦日の夕飯に蕎麦を食べました」

一口すすった蕎麦は、美味かった。かけ蕎麦で九百円取るだけはある。蕎麦は口当たりがよく風味があって、鰹出汁の汁からはほのかに甘い香りがする。海老天とかき揚げから染み出た油が汁にこぼれて、金色に光って踊った。

「へえ、そうなんですか！」

蕎麦の味など何のそのという顔で、真壁が朝彦を見る。

「僕の家は夕飯にお節《せち》を食べて、夜食で蕎麦です。みんなでテレビを見ながら天ぷら蕎麦を食べるんです。今年は初めて一人で年越しなんで、話し相手がほしくて」

「それで、レンタルフレンドを？」

「友達は館山だし、予備校の知り合いも年越しはみんな家で過ごすって言うんで。今更気づいたんですけど、僕、結構寂しがりみたいなんですよね。どうしようかなーって思ってたら、ラペーシュの広告がSNSで流れてきて」

依頼料に深夜料金、二人分の飲食費を加えたら、真壁の出費は一万円弱といったところだろうか。「話し相手がほしい」という理由だけで十八歳の少年がその金額をポンと出せてしまうのは、果たしていいことなのか、悪いことなのか。

「話し相手、僕でよかったんですか？」

「歳の近い子とは学校とか予備校とかでもお喋りできるけど、ちょうど瀬川さんくらいの歳の人とは、話す機会がなかなかないから、楽しいかなと思ったんです」

ずるずるっと蕎麦をすすって「おいしい」と微笑んだ彼に、これはこれで、いい金の使い方なのかもしれないと思った。腹が膨れるとか、生活必需品を買うとか、そういう即物的でない使い方。自分の心や未来の可能性に投資する散財の仕方。

そういえば、学生の頃は、食べ物の味なんてどうだってよかった。酒が濃いか薄いかも、料理が美味いか不味《まず》いかも関係なく、ただ、誰とどんな話をしているのかが重要だった。それで楽しかった。

「あ、なので、瀬川さんの話をいろいろ聞きたいです。普段は何か別の仕事をしてるんですか？　それともレンタルフレンド一本勝負なんですか？」

「普段は大学の教員ですよ」

「え、大学の先生なんですかっ？」

持ち上げかけた海老天を丼に戻し、真壁が小さく身を乗り出す。蕎麦が伸びる……と思ったが、それはきっと野暮な指摘だ。

「大学の先生って、授業しながら研究してるんですよね？　瀬川さんは何を研究してるんですか？」

真壁の蕎麦はほとんど減っていないが、朝彦は早々に蕎麦を食べきった。淡い色の蕎麦は欠片の一つも残さず、香ばしい海老天の尻尾まで、しっかりいただいた。

「古事記、って、わかります？」

「古典と日本史の授業で習いました！　名前しか覚えてません！」

潔いリアクションに、堪らず笑ってしまった。

「日本最古の、歴史書ですよ。日本の始まりから推古天皇の時代までの神話や伝説をまとめたもので、全部で三巻あります」

　十八歳が面白がってくれるポイントはどこだろうと考えながら、冒頭の天地のはじまり、イザナギとイザナミの結婚、火の神を生んでイザナミが死ぬこと、イザナミを取り戻そうとするところまでを、順番に話してやった。

「あ、それは知ってます。見るなって言われたのに見ちゃうんですよね」

「そうです。イザナミに会いたくてイザナギは黄泉の国に行くんですけど、イザナミは黄泉の国の食べ物を食べてしまったから帰れない。黄泉の国の神様に相談してくるから待っていろと言われたイザナギは、しばらく大人しく待ってるんですけど、待ちきれなくて『絶対に覗くな』と言われた御殿を覗いちゃうんです」

「でも、なんで覗いちゃ駄目だったんですか？」

「イザナミの体は蛆《うじ》だらけで、しかも雷神が生えてたんですよ」

「雷神が、生えてた……？」

　その反応はわかる。授業で初めてこれを聞いた学生も、よく首を傾げる。隣に座る友人と「意味わかんない」と笑い合って、次の日には忘れる。

「それでイザナミはめちゃくちゃ怒って、雷神にイザナギを追いかけさせるんです。イザナギは命からがら黄泉比良坂というところまで逃げるんですが、そこで桃を投げつけて雷神を撃退して、現世に戻ってくるんです」

「桃を投げつける……」

「神話ですから、あらすじだけを聞くと不可解かもしれないですね」

むしろ、そうやって「どういうこと？」と思わず立ち止まってしまうところが、面白い。他の誰が「意味わかんない」と笑おうと、説明したところで明日には忘れていようと、人生の舵をそちらに全力で切ってしまうくらいに、面白かったのだ。

「へえ、面白いです」

「面白いですか？」

「授業で聞いたよりは面白いです」

真壁が笑うのに合わせ、派手なポニーテールが揺れる。赤、青、白、黒……揺れる毛先に、朝彦は続けざまに口を開いた。

「古事記には、赤と青と白と黒の四色の色しか出てこないんですよ」

真壁の髪を指さすと、彼は大袈裟なくらい目を丸くした。箸で上げ下げを繰り返すだけの蕎麦は、完全に伸びてしまっただろう。

「古代の日本でも色という概念はあったんでしょうが、目の前にあるものの色を何という言葉で表現するのかが、まだ定まってなかったんです。赤、青、白、黒も、色というより、ものの状態を示す使われ方をしてるんです」

「ものの状態を、赤と青と白と黒で表すんですか？」

ぐうっと、真壁が朝彦の顔を覗き込んだ。目の奥で興味と好奇心が渦巻いているのがわかる。澄んだ水の底を、大量の錦鯉が行き交うみたいに。

「赤は〈明るい〉、青は〈淡い〉、白は顕《しる》しといって〈はっきりしている〉こと、黒は〈暗い〉からそれぞれ転じたと考えられてるんですよ。形容詞として使われたってことですね」

「へえ……」

半口を開けたまま、真壁は蕎麦をすすろうとして、また丼に麺を戻してしまう。宙にただよう見えない何かを読み取るように、彼は「そっか……」と呟いた。

「形容詞だから、赤と青と白と黒は、赤い、青い、白い、黒いって、〈い〉がつけられるんだ。形容詞にできる色じゃなくて、もともと形容詞だった色なんだ」

まるで、世紀の大発見をしたかのような顔だった。

「そうですね。同じ古事記でも僕は色の研究が専門じゃないんで、他の研究者の論文で読んだことがある程度ですけど、恐らくそういうことじゃないかと」

「そうですよね！　僕、昔から絵を描いてて不思議に思ってたんです。〈緑い〉とか〈紫い〉なんて言わないのに、なんで赤と青と白と黒は特別なんだろうって」

うわ、すごい。これ、すごい発見です。興奮気味にそう繰り返して、真壁は蕎麦をすすった。伸びきって、汁も冷めて、蕎麦の風味も飛んでしまっただろうに、「美味しい！」と食べ続ける。

「何か、役に立ちましたかね」

「色に対する疑問が一つ解けました。明日から、もっといい絵が描ける気がします」

蕎麦を食べ終えてからも、真壁は自分の髪の毛を弄って「もとは形容詞だったんだなあ……」としきりに繰り返した。

素直ないい子だと思った。親が大事に育てたのがわかる。彼の健やかな成長に、親がたくさんの投資をしてきたのが、わかる。

古事記の話をしているうちに、いつの間にか年を越していた。

年越し蕎麦を食べたら解散となるところだったが、話が弾んだから真壁と近くの神社へ初詣に行った。参拝客で混み合う中、甘酒を飲みながら十分ほど並び、参拝した。

真壁が芸大への現役合格を祈っている隣で五円玉を賽銭箱に投げ込み、新しい非常勤講師の働き口が見つかりますように——と願おうとして、両親のことを考えた。

真壁の家と比べたら、朝彦の家は裕福ではない。でも貧乏でもなかった。子供の頃から、読みたい本は何だって買い与えてくれたし、私立の大学にも通わせてくれた。大学院へ進みたいと相談したときも「朝彦の好きなようにやれ」と言ってくれた。ポスドクの道を歩み出したときは、「研究だなんて素晴らしい仕事に就いたね」と家族三人で酒を飲んだ。

だから、ここで諦めるわけにはいかない……そう思うけれど、もしかしたら両親は「素晴らしい仕事」と言いながら、腹の底で違うことを考えているかもしれない。

三十代にもなって親に借金をするような貧乏生活をさせるために、私立の大学に通わせたわけじゃないのに。自分達の老後を支えてくれるような、頼り甲斐のある大人になってくれると思っていたのに。もう、孫の顔を見るのは無理かもしれない。

いや、きっと、思っている。今でなくても、いつか思うようになる。息子が研究者になると聞いたときに思い描いた未来は、こうではなかったのに、と。他ならぬ、朝彦自身がそうなのだから。子供の教育にお金を掛けることが投資なら、自分の両親の投資は失敗だったのだ。

何も願わないまま、朝彦は目を開けた。力なく合掌を解いた瞬間、がっくりと肩を落として喫茶店を後にした小柳の両親の背中が浮かんだ。

小柳は、朝彦より十歳年上だ。彼は自分の親をどう思っていたのだろう。彼の親は、彼をどう思っていたのだろう。

「瀬川さん、いっぱい願い事してましたね」

参拝を終えて行列を外れたところで、真壁に「何を願ってたんですか」と聞かれる。

「仕事のこととか、親の健康のこととか、いろいろですね」

「そっか～、僕は自分の願い事でいっぱいいっぱいでした。現役合格したいとか、もっともっといい絵が描けるようになりたいとか、楽しい大学生活を送りたいとか、留学したいとか」

あはは、と笑った真壁の口から、真っ白な息が吐き出される。人の流れに掻き消されることなく、白い息は空に昇った。

たくさん願って、そのどれもがきっと叶うと信じている。これからの人生で手に入らないものなんてないと信じている。わかる。十八歳の瀬川朝彦だってそうだった。初詣の願い事は、自分の願いでいっぱいだった。願いは未来の希望に満ちていた。

俺だって、十年くらい前、真壁のような顔をしていた。俺の目の奥も、錦鯉が泳いでいた。

「瀬川さん、連絡先、教えてもらえませんか？」

駅まで歩いたところで、真壁がスマホを見せてきた。メッセージアプリのＱＲコードが表示されていた。

「芸大、無事に受かったらご報告します。あと、作品展とかイベントとか、出品することがあったら見に来てください」

そう言われては、断る理由もない。真壁のスマホに自分のスマホをかざす。表示された真壁のアカウントは、海辺にたたずむ彼の横顔がアイコンになっていた。

「受験、頑張ってください」

「はい！　絶対、現役合格します！」

大きなトートバッグを上下に揺らして、真壁は駅前広場を横切っていった。馬の尻尾のように左右に揺れる赤、青、白、黒のポニーテールは、何だかとても縁起のいいものに見えた。

あの子の親の投資は失敗しないといいな。真壁自身も、十年後、二十年後にそう思わないといい。他人の未来を祈るほど、自分に余裕はないのだけれど。

新年を迎えたばかりの駅前は、初詣に向かう人々や夜通し遊ぶつもりの若者達で相変わらず混み合っていて、彼の姿はすぐに雑踏に消えて見えなくなった。

＊

元日の昼に両親に「あけましておめでとう」のメッセージを送って、三日と四日は「大掃除を手伝ってほしい」というレンタルフレンドの仕事に派遣された。

その帰り、駅のホームで見知らぬ番号から三件も電話が入っていることに気づいた。番号を検索してみると、トランクルームの管理会社のものだった。

電車を待つ列から外れ、自販機の横で折り返し電話をかけた。応対した女性に三度も電話をもらったことを告げると、上司らしき男性が出てきた。

『すいません、ご契約いただいているトランクルームの件なんですけどね』

「いえ、トランクルームなんて借りてないですけど……」

ええー？　と怪訝《けげん》そうに唸った男は、直後、がらがらと喉を鳴らした。そしてもう一度『すみません』と謝ってくる。

『えーとですね、弊社でトランクルームをご契約いただいている小柳博士さんなんですが、緊急の連絡先でこの電話番号をご登録いただいてるんですよ』

電車の進入メロディに掻き消されそうになりながらも、はっきりとそう聞こえた。

『レンタル料の支払いが十月から止まってましてね、こちらからの連絡にも全然返事がないんですよ。こういう場合、契約では三ヶ月たったら荷物を処分させていただくんです。その前に、緊急の連絡先にご連絡させていただいてまして』

未払いの料金を払えば荷物は処分しない。処分されては困るというなら、速やかに荷物を引き取ってくれ。電話の内容はそういうことだった。

「借りてるのは、本当に、小柳博士なんですね？」

念には念を入れ、三度確認した。『だから、小柳博士だって言ってるじゃないですか』と苛立った返事をした担当者から、トランクルームの住所を教えてもらう。

ホームの階段を駆け下り、別の路線の電車に飛び乗った。乗り換えを二度して辿り着いたのは、慶安大学から電車で一駅のところだった。

駅を出て少し歩いた大通り沿いに、トランクルームはあった。雑居ビルの地下、薄暗い階段を下りた先に真新しい自動ドアがあり、そこに管理会社の担当者らしき男が立っていた。

「すいません、お電話いただいた瀬川と申します」

待っていたのは、電話で応対したのとは違う男だった。朝彦と同い年くらいの男は、淡々とこちらの名前と電話番号を確認し、カードキーで自動ドアを開けた。

室内は広かった。奇妙なくらい白く綺麗な空間に、等間隔にドアが並んでいる。真新しいビニールに顔を突っ込んだような、ツンとした匂いが充満していた。

「こちらです」

案内されたのは、四十五番のドアだった。何の皮肉か、小柳の年齢と同じ数字だ。

「ご契約いただいたのは去年の六月二十五日なんですが、十月分からレンタル料が未納です」

「あの、緊急連絡先っていうのは、誰の連絡先でもいいんですか？」

去年の六月といったら、小柳が家賃の滞納でアパートを追い出された頃だ。

何故、俺の携帯番号を登録したのか。こちらがいくら電話をしようと、スマホに電源すら入れてくれないのに、どうして。

「ご家族の連絡先をご登録いただくのが一般的なんですが、小柳さんは九月末に緊急連絡先をご変更されてますね」

「九月……」

タブレット端末を淡々と操作しながら、担当者がちらりと朝彦を見る。「開けさせていただきますね」と一礼して、ドアの鍵を開けた。

開けないでくれ。直感でそう思ったが、男は素っ気ないほどあっさりドアを開けた。

紙の本の匂いがした。朝彦が寝起きする部屋と、同じ匂いだった。

一畳に満たない小さなトランクルームには、段ボール箱が積まれていた。何度かこの場で出し入れをしたのか、箱の蓋は開け放たれ、中身があちこちに散乱している。

「小柳さんのだ」

近くの段ボールに手を伸ばした。中はすべて本だった。朝彦にも見覚えのある、古事記を始めとした上代文学関連の資料ばかりだ。論文もある。朝彦が持っているのと同じ本もある。

古事記における表現と構想についての研究、古事記と日本書紀における神話の比較研究、古事記における婚姻の研究、神話における言語の研究、古事記と日本書紀の食文化考、古事記の穀物起源神話……一冊一冊、論文の一本一本を確認しながら、膝の裏が弱々しく痙攣した。

「あーあ、こりゃ、住んでたな」

朝彦の背後で、管理会社の男が今にも舌打ちしそうな声で呟いた。

彼の視線は、朝彦の足下に向いていた。視線を辿ると……床でタオルケットが一枚、くしゃくしゃになっていた。

枕代わりのように丸まったスウェット。くたびれた衣類や下着が隅の方で山を作っている。底の方に少しだけ中身が残ったペットボトル飲料。封を開けていないカップラーメン。

「たまにいるんですよねー。トランクルームに住んじゃう人。ここはネットカフェじゃないいっていうのに」

後退ったら、口を縛ったレジ袋を踏みつけた。パキンと袋の中で破裂音がする。プラスチックの弁当容器だった。

中身は空だった。白く濁った袋越しに、赤と黄色の半額シールが透けて見えた。それも、同じ場所に何枚もシールが重ねて貼ってある。十パーセント引き、三十パーセント引きと値引きされ、最終的に半額になった弁当だった。

「困るんですよ、こういうの」

契約違反だとか、トランクルームに住むのは倉庫業法にも反するとか。注意と非難が次々と飛んでくる中、朝彦はトランクルームを見回した。一畳に満たない空間の半分を資料が埋め、残された部分を縫い合わせるように、小柳が寝起きしていた痕跡がある。

あのコーギー犬のような顔をした男が、タオルケットにくるまって丸くなっている姿が、ありありと浮かんでしまった。狭いトランクルームの中で、研究資料に押し潰されるようにして、息を潜めて眠りにつく姿が。

大学院を出て、研究の道に進んだ男が、こんな場所で生活していたなんて。捨てるのは惜しいけれど、日々の生活にそこまで必要でもない中途半端なもの。家の収納からあふれた邪魔なものを預ける場所に、自分の人生のすべてを押し込んでいたなんて。

気がついたら、その場で膝を折っていた。小柳の衣類の山を、朝彦の左膝が潰す。黄ばんだ白いシャツの下から、ボロボロのシステム手帳が一冊飛び出てきた。

恐る恐る、手帳を開く。四月始まりのスケジュール帳には、びっしりと文字が書き込まれていた。大学の出勤日はなく、日雇いのアルバイトらしき予定が入っている。その合間に、スーパーやドラッグストアの名前がぽつりぽつりと書いてあった。

店名の横には、〈特〉や〈セ〉の字が◯で囲ってある。

ああ、わかる。わかってしまう。これはその店の特売日やセール日の印だ。

わかってしまうのだ。朝彦だって、自分のスケジュール帳で同じことをしているから。百円でも十円でも安い食べ物や生活必需品を求め、遠くの店まで歩いていく。交通費がもったいないから、必ず歩く。

食費を切り詰め、浮いたお金で研究者として生きる。大学に研究費を払う。資料を買う。他人から見ればみみっちく哀れな方法で、研究者を続けている。

担当者がまだ何か言っているが、構わずズボンのポケットからスマホを取り出した。慣れ親しんだ番号に電話をかけた。

栗山は、四コールで出てくれた。

「小柳先輩の家がわかった」

栗山の『もしもし?』を遮って、続ける。

「あの人、トランクルームを借りて、そこに住んでた。先輩のアパートにあったはずの荷物も、一緒にあった」

見る限り、小柳の蔵書のすべてはここにはない。この狭い空間に入りきらないものは、泣く泣く処分したのかもしれない。処分できなかったものを、こうやってぎゅうぎゅうに詰め込んだのかもしれない。

そして、研究者としての自分も、ここに詰め込んだ。

『瀬川、どういう――』

「なんでかわからないけど、小柳先輩、失踪の直前に、トランクルームの緊急連絡先を俺にしてた。料金を滞納してるからって、今日、俺に連絡がきた」

自分の声が震えている。喉仏のあたりが痙攣《けいれん》し、奥歯がかたかたと音を立てた。

何に怯えているのだろう。小柳が、この荷物を自分に託したから? そこにこめられた小柳のメッセージを想像して、恐怖しているというのか。

うずたかく積まれた資料が入った段ボールと、床に打ち捨てられたタオルケットと衣類、食べ物のゴミを見やる。

これは、「あとは頼んだ」ということなのか。

それとも、「俺をよく見ろ」なのか。

「俺も、十年後、こうなのかな」

どちらも怖い。託されるのも、現実を提示されるのも。四十五歳になった自分がこの場所で寝起きしている姿を、想像してしまった。あまりに鮮明だった。汚れた下着の饐《す》えた臭いや、どこのメーカーの商品なのかわからない激安カップラーメンの残り汁の粘ついた臭い、タオルケットの硬い毛が頬を擦る痛み、背中に伝わる床の硬さ。遠くで、誰かが荷物を出し入れする物音。

『違うよ』

戸惑いを押し殺すように、低く低く、栗山が言う。

『お前は、そうはならないよ』

「でも、いつだって小柳さんは、俺達の十年後だっただろ。お前は十年後の自分に失望したから、インドネシアに行かなかったんだろ」

十年前、まだ大学院にいて、まだ自分の未来は明るいと信じていた朝彦が見ていた小柳博士は、今の朝彦だ。

「もしかしたら、先輩も俺と同じだったのかもしれない」

大晦日、初対面の真壁の中に二十歳の頃の自分を見た。同じように、小柳にとっては朝彦が〈十年前の自分〉だったかもしれない。

「小柳先輩に最後に会ったとき、俺、こう言ったんだ。『さすがにまだ家は追い出されてない』って」

きっと十年前、三十五歳の小柳だって思っていたに違いない。裕福ではないが、さすがに家を追い出されるような困窮具合ではない、と。

でも、四十五歳の彼は、家がなかった。トランクルームで体を縮こまらせ、いつ追い出されるか怯えながら、朝を迎えていた。

「それだけじゃない」

続けざまに、あの日の朝彦は小柳にこう言った。

「『今が踏ん張り時ですよね』って、先輩に言った」

同じことを、三十五歳の小柳も思っていただろうか。それから十年、力の限り踏ん張っても何も変わらなかった。むしろ状況はもっと悪くなった——もう踏ん張れないと、小柳は思ったのだろうか。

だから、古事記を抱いて、いなくなってしまったのだろうか。

間章　片割れの蕎麦屋

三百四十円のかけ蕎麦を、その男は酷く大事そうに食べた。眼鏡のレンズが曇るのもお構いなしだった。

酒井安江《さかいやすえ》はそれを厨房からぼんやり見ていた。飲食業はとにもかくにも姿勢よく、立ち振る舞いはきびきびと軽やかにと思ってやってきたが、七十を超えると腰やら肩やらが油切れを起こし、ついカウンターにだらしなく肘をついてしまう。

ゆっくりと腰を伸ばし、肩を回した。この場所で一緒に蕎麦屋を開いた夫が草葉の陰に引っ込んで五年。毎日少しずつ、体は重たくなっていく。

それでも、昼食の時間はとっくに過ぎ、夕飯にはまだ早い時間帯なら、安江一人でも店は悠々と回った。山間《やまあい》の無人駅のすぐ側にあるこの蕎麦屋に来るのは、近所の常連客と、登山客が少し。その登山客も、少し先の大きな駅から送迎バスで登山口に向かうことが多いから、平日のこの時間なんて、普段なら客などほとんどいない。

なのに、今日は珍しくあの男がやって来た。見ない顔だし、服装も登山客とは思えなかった。なにせ、荷物はくたびれたリュックサックが一つ。一体どんな大事なものが入っているのか、蕎麦が運ばれてきても膝の上で抱いたままだ。

ずるずる、ずるずる。男が蕎麦をすする音が、店に大きく響く。

いい顔で飯を食う人だ。カウンター席を布巾で拭きながら、安江はふふっと笑った。何も言っていないのに、美味いという声がこちらに聞こえてくる。

蕎麦を食べ終えた男は、お冷やを飲みながらテーブルの側の本棚に手を伸ばす。

蕎麦屋の開店当初は、新聞や漫画雑誌をレジ横の棚に置いていた。そこに郷土資料や民話、神話、登山ガイドを並べ始めたのは夫だ。この土地で生まれ育った夫は、素っ気ない性格の割に郷土愛のある人で、その手の本を集めるのが趣味だった。

次第に新聞や漫画雑誌より郷土関連の本が増えていき、レジ横の本棚には収まりきらなくなった。まだ病気もしておらず、五十代で体も元気だった夫は、手作りの本棚を一つ、また一つと作り、店のいたるところに本を置くようになった。地元を舞台にした小説や漫画も、息子や孫に教えられて並べるようになった。

男のいるテーブルには、近隣の山々に生息する動植物の写真集が三冊置いてあった。数ヶ月前に本屋で安江がたまたま見つけたのだが、写真がどれも色鮮やかで美しく、解説もわかりやすくて気に入った。

男は写真集を一冊手に取った。光沢のある紙をめくる音に、どうしてだか、うっとりと目を細める。

その姿は、不思議なもので死んだ夫と被って見えた。顔も体格もまるで似ていないのに。うちの旦那は眼鏡もかけてなかったのに。

でも、自分の生まれ育った土地について書かれた本や資料を読む夫は、ときどきあいう顔をしていた。好きなものにどっぷり浸かり、堪能している人間の顔だ。

お冷やのお代わりを注ぎに行こうかと思ったが、お楽しみを邪魔してはいけないと思い、安江は夜の蕎麦の準備を始めた。朝打った蕎麦は出尽くしてしまったから、どれくらい客が来るかを予想しながら、ほどほどな量のそば粉を用意する。

鉢でそば粉と水を混ぜ合わせるのも、蕎麦用の大きな包丁で細く細く切っていくのも、腱鞘炎を抱えた腕では骨が折れた。「なんでこの歳で蕎麦屋なんてやってるんだろね」と毎日のように思うのだが、息子夫婦に「そろそろ引退したら？」と提案されると、なかなか頷けない。

夫婦で四十年近く営んできた蕎麦屋なのだ。片割れがいなくなったとはいえ、じゃあやめましょうとは易々と決断できない。できないまま、五年も店を開けてきた。

安江が何とか夜の分の蕎麦を仕込んだところで、男が写真集を棚に戻した。冷め切ってしまっただろうに、丼に残った汁を天を仰ぐようにして飲み干す。あれはあれで、冷えて味が濃くなって美味いのだ。うちは出汁にもすごくこだわってるから。あの人が生きてたときから、ずーっと、ずーっと。

「ありがとう。綺麗に食べてくれて」

空になった丼の底を見つめる男に、安江は声をかけた。本当に綺麗に平らげられた丼とお冷やのグラスを、厨房に下げる。

「美味しかったです。ごちそうさまでした」

レジで会計をした男が、丁寧に礼を言う。安江は「いえいえ、ありがとう」と笑って返した。腰と肩、そして腱鞘炎の痛みを、嘘みたいに忘れる。

最後に深く一礼した男は、店の戸を開けると「あっ」と立ち止まった。時刻は午後三時半を回っていた。まだ明るい時間のはずなのに、妙に空がどんよりとしていて、薄墨を流したような重たい色合いだった。

ぽつり。男の鼻先に、雨粒が落ちてきたのがわかった。

「あらら、降ってきちゃったか」

天気予報では、夜までは大丈夫だといっていたのに。

一粒落ちたら、堰《せき》を切ったように次々と降ってくる。アスファルトが敷かれた狭い駐車場に、小さな水玉模様ができていく。

「あーあー、本が濡れちゃうじゃないか」

胸に抱いたままのリュックを静かに撫でながら、男が嘆く。リュックの中身は本だったようだ。よほど大事な本が入っているのだろう。

「雨の日は本が傷むから、出歩きたくないのになあ」

第四章

振り返っちゃ駄目ですよ

大河ドラマにも出演したベテラン俳優に隠し子が発覚したとか、一月に渋谷で無差別殺傷事件を起こした男の両親がコメントを出したとか、円安が止まらないとか、路上で男性が殴られて意識不明だとか。

スマホでぼんやりニュースを眺めていたら、電車ががたんと大きく揺れ、隣に立っていた若い男が「わわっ」とよろけて朝彦にぶつかってきた。

謝ってくる男に「いえいえ」と会釈したら、終点を告げるアナウンスが聞こえた。電車のドアが開け放たれた瞬間、押し出されるように大勢の乗客がホームに飛び出していく。浮き足だった様子で、誰もが同じ方向に歩いていく。

西武球場前駅は、ホームの形状からして「どん詰まり」だった。線路はこの場所で途切れ、ここから先はどこにも行けない。

何だか、とても絶望的な駅だ。混み合った車輌から吐き出される人波にぼんやりと流されながら、朝彦はそんなことを考えていた。

　待ち合わせ場所は改札の内側だった。今日のレンタルフレンドの依頼人は四十五歳の男性で、黒いコートにブラウンのチノパンという格好で待っているとラペーシュから指示があった。

　ところが、改札内は待ち合わせをしている人が多かった。十代、二十代の若者もいれば、朝彦と同世代に見える人も、依頼人のような四十代も、それ以上の人もいる。男性も女性も、派手な服装の人も地味な服装の人も、何十という人が改札の手前でたたずみ、スマホ片手に同行者を探している。

　黒いコートにチノパンの四十代らしき男なんて、パッと見ただけで五人はいた。改札の側で、駅員が拡声器片手に「できるだけ立ち止まらず、真っ直ぐ進んでくださーい」とアナウンスしている。

　電車がもう一本到着し、乗客達は川を作るように改札に向かって流れていく。朝彦は慌てて周囲を見回した。

　レンタルフレンドの仕事をするようになって、かれこれ四ヶ月になる。大学の春休みも始まり、二月に入ってからは毎日のように誰かにレンタルされていた。

　こうして誰かと待ち合わせるのも慣れたものだ。大体の依頼人は、朝彦が恐る恐る近づいて顔を覗き込むと「あ、ラペーシュの？」と声をかけてくれる。依頼人でなかったら、怪訝な顔で視線を逸らされる。

一人目と二人目は違った。三人目は朝彦を見て「あっ！」と声を上げたが、よくよく話を聞いてみたらネットで知り合った友人を待っているだけだった。

使用中の赤いランプが大量に点いたロッカーに寄り掛かるようにして、四人目はいた。スマホに集中していて、朝彦が目の前で立ち止まっても顔を上げなかった。黒いコートに黒いリュックサックを背負っているから、上半身がぼてっと膨らんで見える。

「あの、ラペーシュにご依頼いただいた方ですか？」

男がハッと視線を寄こす。朝彦の顔を確認し、何故か一瞬だけ顔を顰めてから、スマホをチノパンのポケットにしまった。

「比賀《ひが》です」

ぶっきらぼうに名乗って、比賀はリュックから茶封筒を取り出した。

「今日のチケットと、料金の一万円です」

中が透けて見えそうな茶封筒の中身を、「失礼します」と断って確認する。折り目のついた一万円札とライブチケットが一枚、確かに入っていた。

ぺらぺらの一万円札とは正反対に、チケットが印刷された紙は分厚く、光沢があった。どこから差しているのかわからない自然光の下でも、うっすら銀色に光る。

今日の依頼は、チケットが余ったからライブに同行してほしいというものだった。昨日の夜に入った急な依頼だったが、運よく予定が空いていて助かった。

チケットに印字されているアーティスト名は、朝彦もよく知る男性四人組のロックバンドだ。日付は間違いなく今日で、開場が午後五時、開演が六時。

「確かに受け取りました。ご一緒させていただく瀬川朝彦といいます。本日はよろしくお願いします」

一万円入りの茶封筒を鞄の奥にしまい、チケットを自分の財布に入れる。依頼料は振込か電子マネーで払う人が多いから、こうして現金を手渡されるのは珍しい。

また電車が到着したらしく改札前がさらに混み出した。駅員の「立ち止まらないでくださーい」というアナウンスが、少しだけ大きくなる。

比賀に連れられる形で、改札を抜けた。西武球場前駅というだけあって、駅を出ると目の前にスタジアムがある。

「この間までメットライフドームだったのに、今はベルーナドームなんですよね」

へっ、と鼻で笑いながら、比賀が呟く。

「名前がコロコロ変わるから、結局みんな西武ドームって呼ぶのに、命名権を売り買いする意味、あるんですかね」

へっ、へっ。比賀の笑い声に合わせ、朝彦は「そうですね」と頷いた。初対面で抱いた印象ほど、比賀は人と話すのが嫌いではないらしい。

駅から出てきた大勢の人が、ドームに向かう。まだ開場には早いから、ほとんどの人が「グッズ売場はこちら」という看板に従い、蠢《うごめ》きながら進んでいった。

「グッズ、買いに行っていいですか？」

「ええ、もちろんです。荷物持ちでもなんでもしますんで」

比賀は口調こそぶっきらぼうだが、グッズ売場のある駐車場に向かう足取りは、朝彦から見ても軽やかだった。「なんだかんだ毎回買っちゃうんですよね」「しかも、買ったら捨てられないし」「家に似たようなグッズがいっぱいあるんですけど」とぶつぶつ繰り返すのは、そんな自分を赤の他人に見られるのが恥ずかしいからだろうか。

ドーム横の巨大な駐車場に、白いテントが何十と張られていた。大勢の人間が、スタッフに言われるがまま列を作る。朝彦達の前に並ぶのは、大学生くらいのグループだった。過去のライブグッズなのか、ロゴ入りのキャップを被り、お目当てのグッズが売り切れていないか、背伸びをしてテントの中を確認していた。

背後からは、新曲のどこがよかったとか、アルバムの何という曲がよかったとか、そんな話題ばかりが聞こえた。ちらりと振り返ると、朝彦と同世代くらいの男性が二人、静かに笑い合っていた。

今日の気温は五度だと聞いていたのに、不思議なもので寒くはない。同じものを好きな人間が大量に集まっているから、寒さも勝手に緩んでしまうのかもしれない。

さくさくと列は進み、比賀は慣れた様子でグッズを買った。ライブ名入りのTシャツとタオルを、青と黒の色違いで一枚ずつ。

「一枚、どうぞ」

グッズ売場を出たところで、青いTシャツと黒いタオルを朝彦に差し出してきた。

「えっ、いいんですか？」

「二人でいるのに俺だけ着てるの、恥ずかしいんで」

「じゃあ、お金払います」

「いいですよ。料金に含まれてるってことにしてください」

そう言われたら、受け取るしかない。丁重に礼を言って手にしたTシャツとタオルは、パキッとしたビニールに包まれていた。

先ほど前に並んでいた女の子達が、ビニールを勢いよく破り、真っ青なタオルを空に向かって広げる。信号が赤から青に切り替わるような、凜と爽やかな音だった。

グッズ売場からドームへ戻ると、開場時間を迎えたらしく人の流れが変わっていた。体の中を血液が巡るみたいに、興奮の渦がドームに流れ込んでいく。

スタッフにチケットを見せ、白いザイロバンドを受け取る。比賀の手つきは淡々としていたが、座席に向かいながらちらりと見た横顔は、頬が緩んでいた。

「あーあ、スタンドだから、やっぱりちょっと遠いですね」

自分の席に腰を下ろした比賀が、先回りするようにぼやく。チケットに記されていたのは一塁側のスタンド席だった。外野側に設置されたステージは確かに遠いが、代わりに会場全体がよく見渡せた。

開演まで一時間近くあるというのに、スタンド席もアリーナ席も忙しなく人が行き交っている。同じデザインのTシャツを着て、色違いのタオルを肩に掛け、ロゴ入りのキャップを被って。

「曲、聞いたことあります？」

ステージにそびえる巨大モニターに映し出されたバンド名を顎でしゃくって、比賀が聞いてくる。

「ありますよ。友人にもファンの子がいますし、ドラマやCMとよくタイアップしてるんで、有名なやつなら何曲か」

「そうですか。なら、よかったです」

「比賀さんこそ、ファン歴は長いんですか？」

Tシャツを包むビニールをゆっくり開ける比賀の手が、緩やかに止まる。少し困った顔をした彼は、「まあ……」と首を捻《ひね》って、滲み出るような笑みを浮かべた。

「あの人達ね、俺の二個下なんです。だからまあ、同世代ですよ。彼らがメジャーデビューしたのも、俺が大学を卒業した年でした。かれこれ二十五年くらい聴いてますね」

「二十五年ですか、それは長いですね。夫婦だったら銀婚式だ」

銀婚式というワードに、比賀がまたへっ、へっと肩を揺らす。「といっても、新曲が出たら買って、ライブがあったら行くだけの、普通のファンですけどね」とコートとパーカーを脱ぎ、照れた目元を隠すように長袖のシャツの上にライブTシャツを重ね着する。

「俺ね、一九七七年生まれなんですよ。いわゆる、氷河期世代ってやつです」

ごわついたTシャツを引き伸ばし、大きくプリントされたライブのタイトルが綺麗に見えるように整えて、比賀は続ける。

一九七七年生まれの四十五歳。彼が小柳と同い年だということには、依頼が来たときから気づいていた。駅で彼を探している最中、頭の片隅で、小柳の姿を探した。彼がトランクルームに預けていた大量の資料を思い出した。それを引き取ったせいで足の踏み場もなくなった自分の部屋を、思い出した。

「俺の下の名前、誠《まこと》っていうんですよ。あの世代にめちゃくちゃ多い名前なんです、誠実の誠って書いて誠って男。あの時代に求められてたんですかね、そういうのが」

「戦時中は〈勝〉や〈勇〉という名前が多くて、戦後は復興と豊かさを求めて〈隆〉や〈茂〉という名前が増えたって聞いたことがあります。そのあとに高度経済成長が来るんで、経済的に豊かになった社会で誠意や誠実さが求められたのかもしれないですね」

「すごい、瀬川さん、物知りなんですね」

「役に立たないことばかり溜め込んでますよ」

ははっと笑っても、胸は痛まなかった。

「僕は八七年生まれですが、大輔と翔太と健太が多かったですね」

バブル景気の真っ只中の時代だ。話しながら、名前にはその人の親や時代の願いがこめられるのだと、つくづく思った。

小柳と、彼の両親の顔が浮かぶ。両親から「博士」と名づけられた息子のこと、子供に「博士」と名づけた夫婦の顔が。

「瀬川さんは八七年生まれなんですね。俺が大学出る頃、まだランドセル背負ってたんだ」

「あ、そっか。そうなるんだ」

比賀の真似をして、朝彦もコートを脱いだ。セーターも脱ぎ、長袖シャツの上からTシャツを被る。開場はドームなのに壁面がなく、外の空気がそのまま吹き込んでくる。屋根があるだけの屋外だ。だが、やはり不思議と凍えるような寒さではなかった。タオルもいい具合にマフラー代わりになって、客席が埋まるのに合わせて温かさが増していく。

「瀬川さん、自分が生まれた年にどんな出来事があったか、知ってます？」

「そうですねえ、八七年といったら、国鉄民営化ですかね。あ、『ノルウェイの森』が発売された年です」

「自分が生まれた年の出来事って、何故か調べちゃいますよね。自分はなーんにも覚えてないのに」

へっ、へっ。比賀は笑う。

「俺が生まれた七七年もいろいろありましたけど、それ以上にあと二十年ちょっとで二〇〇〇年っていうのが大きかったんですよ。親や学校の先生から『お前達が大人になる頃には、二十一世紀になるんだぞ』って散々言われて育ったんです」

朝彦の隣の席も、比賀の隣の席も、ライブＴシャツを着た人で埋まった。色違いのグッズを身につけているのに、自分達のいる場所だけが、ぽかりと閉ざされている。会場の様子を写真に収めたり、バンドのロゴのタトゥーシールを貼り合ったり、「セトリどんなかなー？」と語り合う人々から、薄い膜で隔てられている。

「二十一世紀がどんな世界なのかは見当もつかなかったけど、とりあえず、なんか明るい未来が待ってるんだろうなって思ってたんですよ。バブルが弾けても親は何とか大学には行かせてくれて。卒業がちょうど二〇〇〇年だったから、二十一世紀になったら悪いことは全部リセットされて、いい社会になると思ってました」

ま、二十一世紀って、正確には二〇〇一年からなんですけどね。

誰に対してなのか、相手を猛烈に軽蔑するように、比賀は吐き捨てた。

「でも、二〇〇〇年といったら、ちょうど就職氷河期の頃ですよね」

熱気の高まりつつある会場の――ドームの天井に向かって、朝彦は投げかけた。

「そうなんですよ。全然、明るい未来なんてなかったですよ。みんな必死こいて就活したのに、内定は全然出なかった。本当にね、選り好みなんてしなかったですよ。やりたい仕事とか興味ある業界なんて、どうだってよかった。とにかく這いずり回って就活した。結局駄目で、フリーターになりました」

ぎろりと、比賀がこちらを睨んできた。俺の努力不足だと思うか？　俺の能力が足りなかったからだと思うか？　自己責任だと思ったか？　そんな声が、彼の眉間のあたりから聞こえる。

「大卒の就職率が六割以下だった時代ですもんね。僕には想像もできないです」

「そうっすよ。周りもみーんな、非正規の派遣やバイトで社会人をスタートさせたんです。運よく正社員になれた連中は、『就職できなかった奴は努力が足りなかった』『就活を真面目にやらなかったからだ』って、偉そうにこっちを見下してましたけどね」

その頃、朝彦は小学校から中学校に上がるタイミングだった。アメリカでは同時多発テロがあり、その報復としてアフガン侵攻があり、イラク戦争があり、二十一世紀はちっとも明るくなかった。

「非正規やバイトで何とか食いつないで、リカバリーしてやろうと就職や転職を試みるたび、邪魔されるんですよ、世の中に。極めつけはやっぱり、リーマン・ショックだったかな」

あの頃、朝彦は大学三年生だった。単位は足りているのに「先生の話が面白いから」と取っていた経済学の授業で、担当教員が「歴史の教科書に載るような大事件が起きてしまった」とぼやいたのが、アメリカの投資銀行「リーマン・ブラザーズ」の経営破綻に端を発した世界金融危機だった。

「瀬川さん、ちょうどその頃に就活だったんじゃないの？　大変じゃなかった？」

「いえ、僕は大学院に進んだので、影響を肌では感じてないんです。でも、学部卒で就職した友人はみんな大変そうでしたね」

「あ、そうなんだ」

比賀の声がちょっと白けた。こいつも運がよかった組か。そんなふうに思われたのかもしれない。

「リーマン・ショックのあとは、震災ね。ちょうどあの頃だよ、あーあ、俺は見捨てられてるんだな、世の中ってそういうふうにできてるんだって思ったの。一回脱落したら、もう這い上がれないんだって。俺ね、今、居酒屋チェーンで契約で店長代理してるの。店長代理だよ？　意味わかる？　店長にすると正社員にしなきゃいけないから、契約社員で店長代理。で、店長と全く同じ仕事させられてんの。バイトがシフトに出られないって言い出したら俺が穴埋めして、ちょっときついこと言ったらパワハラで訴えられるから、二十歳以上年下の子のご機嫌取って、数字だけ見て踏ん反り返るエリアマネージャーにヘコヘコして、うるせー客にもヘコヘコして、この間なんてバイトがヘマしてさ、俺、客の前で土下座させられたんだよ、土下座。なんだよ、会計が二百円違ってただけでぴーぴーぴーぴー一時間も騒ぎやがって」

比賀の声が少しずつ少しずつ大きくなっていく。隣に座っていた若い女の子が、頬を引き攣《つ》らせたのに気づいて、朝彦は慌てて喉を張った。

「契約社員ってことは、五年で切られますよね……契約」

話を無理矢理変えては逆効果だと思った。比賀は少しだけ目を見開き、「ああ、そうだよ」と声のトーンを落とす。

「ですよね。僕もまさに、来月で契約を切られるので」

「へえ、瀬川さんもそうなんだ」

「じゃなきゃ、レンタルフレンドの仕事なんてしないですよ」

「だよね」

強ばっていた空気が緩んで、比賀が少しだけ朝彦に心を許したのが鮮明に伝わってきた。仲間だと認められたのだろう。

「俺の同年代でさ、新卒で正社員になれた奴……要するに、スタートで運よく成功した奴は、子供がもう大学生なんだよ。とっくに家を建てたりマンションを買ったりして、親の面倒を見てる」

何も言わず、頷いて見せた。客席は、スタンドもアリーナもほぼ埋まっている。開演が迫っている。

「人生を軌道に乗せられた連中も、大変だったと思うんだよ。でも、それを乗り越えた自分はめちゃくちゃ努力した、能力があったって勘違いしちゃうんだろうな。で、駄目だった奴は努力をしなかったのが悪いって、こっちを誰よりも強い力で殴るようになる。一緒に苦しんできたはずの同世代なのに、一番偉そうに俺達を馬鹿にしてくるんだ」

「生存者バイアスってやつですね」

「そうそう、それそれ。もうさ、やってられねえよな。お国が今になって氷河期世代の雇用をどうたらこうたらって言い出したけど、おせえっつーの。もう結婚もできねえし子供も作れねえよって話だ。十年おせえんだよ」

チノパンのポケットに手を伸ばした比賀が、スマホで時間を確認する。

おもむろに、スマホの画面を朝彦に見せてきた。

「これ、俺の唯一の趣味」

SNSの画面が表示されていた。

〈自分だけが大変だと思ってるんですか？　育児が大変だなんて当たり前じゃないですか。なのにどうして生んじゃったんですか？　文句言うなら生まなきゃよかったじゃないですか〉

無意味なアルファベットが羅列されたアカウント名が、向日葵《ひまわり》の写真のアイコンに向かってそんなコメントを送っている。

相手はどうやら、保活が上手くいかず仕事を辞めることになってしまった女性らしい。少子化を何とかしたいと言いながら、何故こんなにも母親が職場復帰しづらい社会なのかと嘆いていて、それに賛同する声が随分と集まっている。

「これは、さっき瀬川さんを待ってるときに送ったリプライです。こっちは今朝送ったやつ」

次に見せられたのは、朝彦も知っている女性アイドルの公式アカウントだった。同性婚と選択的夫婦別姓に賛同する旨をSNSで表明し、これもまた話題になっていた。

〈仕事減ってきて暇なんでしょうけど、わからないことに口出さない方がいいですよ。アイドルやってて世の中のことよく知らないんだろうけど〉

そんなコメントを、比賀のアカウントは投げつけている。

「あ、別にね、女性だけ狙ってるわけじゃないんです。有名人が何か主張してたら〈お前誰だよ。知らねーし〉って送るし、不祥事を起こしてたら〈消えろ〉って送るし、一般人でも偉そうなこと言ってたら揚げ足取りにいくし、炎上してたら〈死んだ方がいい〉って言いにいきます」

比賀が、自分の送ったコメントを次々見せてくる。彼の言葉の通りだった。世の中に対して「ここがおかしい」と主張する人がいたら〈自己責任だろ。甘えんな〉と石を投げ、何かしらの不祥事を起こして責められている人には、〈生きる価値がない〉と正義の槍を投げつけに行く。

「ああ、でも、こうやって見ると女の人が多いですね。やっぱり、罵詈《ばり》雑言《ぞうごん》を浴びせやすいんでしょうね。とりあえず、仕事でむかついたことがあったらやるんですよ。一個傷つけられたら、誰かに一個酷いことをして、それでチャラにするんです。気持ちいいんですよ。自分だって誰かに石を投げつけられるって確認するの」

じゃなきゃやってらんないでしょう？　げらげらと笑いながら、比賀が朝彦の肩を叩いてくる。

「毎日毎日、いろんなところで炎上が起きますけど、大概の炎上は、一週間、一ヶ月もすると、だ――――れも話題にしてないんですよ。そういうのを見てるとつくづく思うんです。本気で世の中を変えたい奴なんて全然いなくて、その日その日のストレスを発散できる相手を探してるだけなんだって」

俺みたいな奴はたくさんいる。だから俺は悪くない。そう言いたげな比賀に、朝彦は何も言わず頷いた。小柳が姿を消した直後、貴重な古事記の版本を心配し、彼を非難する声や、彼の境遇を自己責任だと切り捨てる声が、ニュースサイトのコメント欄に並んだ。

あの中に、比賀もいたかもしれない。同い年で、同じ氷河期世代で、同じ時代を踏ん張りながら生きてきた男に、比賀は気持ちよく石を投げつけたかもしれない。

「俺ねえ、無差別殺人をやっちゃう奴の気持ち、よくわかるんですよ。年明けに渋谷のスクランブル交差点に車で突っ込んで八人殺しちゃった人、いたでしょ。アイツ、俺と同い年なんです。去年の十月頃でしたっけ？　日比谷線で包丁振り回して一人殺したアイツも、神戸で雑居ビルを燃やして大勢殺しちゃったアイツも、函館で登校中の小学生を三人殺《や》っちゃったアイツも、俺と同じ氷河期世代ですよ」

アイツ、アイツ、アイツ……繰り返す比賀の口振りは、まるで高校時代の友人の顔を思い浮かべているようだった。同じ教室で授業を受けて、一緒に部活をして、買い食いをしながら帰った、懐かしい友達の話をするみたいに、罪を犯した人間に理解を示す。

「わかりますよ、世の中が憎いんだって。自分を見捨てた世の中が憎くて、幸せそうな奴らが憎いんです。だから殺っちまおうって思うんです。刑務所入って、死刑にしてもらっちゃおうって。だから、女とか子供とか、弱い奴を狙うんです。ほら、何年か前に、自分の勤めてる会社の社長とその家族を殴り殺して、家に火をつけちゃった奴もいたでしょう？　あれを見たときに、骨のある奴だなって思ったんです。弱い奴じゃなくて、ちゃんと自分が恨んでる強者を殺ったんですから。達成感、めちゃくちゃあったんじゃないですかね。きっと気持ちよく死刑になると思いますよ、アイツ。俺もやっちゃおうかって思いましたもん。ずーっと踏みつけて搾取し続けてた弱者が最後に牙を剝いたら、どんな顔して謝ってくるのかなって」

その瞬間、会場が暗くなった。周囲の人が息を飲む音が重なり、足下をふわりとした浮遊感が襲った。

入場時にもらって腕につけたザイロバンドが、青く光り出す。会場全体が青い光でうねった。観客は絞り出すような歓声を上げ、席を立つ。大好きなアーティストを迎えるために、光る腕を天に向かって掲げる。

朝彦と比賀は、立ち上がれずにいた。互いの右手が、青白くぼんやり光っている。

「こんなことばっかり、してたせいなんですかね」

腕につけたザイロバンドをくるくると回しながら、比賀が肩を落とす。

「昨日の夜にね、二日ぶりに店から家に帰れたんですよ。駅を出たところで、酔っ払いに絡まれたんです。俺の肩がぶつかったとか謝らないから生意気だとかしつこくて、最後は小突いてきたんです。俺より年上の、おじさんですよ？　見るからに、会社で偉そうに踏ん反り返って若い子にパワハラしてるんだろうなって顔でした。エリアマネージャーに売上が落ちてるとか顧客満足度調査の数字が悪いとかってねちねち嫌味を言われたし、一緒にライブに行こうって約束してた友人にはドタキャンされたし、腹立っちゃって、殴り飛ばしてやったんですよ」

――そしたら、電柱に頭ぶつけて、動かなくなっちゃって。

そう続けた比賀は、また「へっ、へっ」と笑おうとして、やめた。

今日、電車の中で、ニュースを見た。昨夜、京王井の頭線の久我山駅の側で、五十代の会社員男性が殴られて意識不明だと。殴った男は逃走したままだと。

「俺、ライブが終わったら警察に行くんで。瀬川さん、ついて来てください」

はい、と返そうとして、声が喉元で足を取られた。

「そのために頼んだんですよ、レンタルフレンド」

潮が満ちるように、アリーナ席から歓声が広がった。比賀がゆっくり立ち上がり、青く光る右手を突き上げる。

すっかり硬くなった膝を伸ばし、朝彦も腰を上げた。遠くのステージに、四人分の小さな影が躍り出る。客席に手を振る姿が、大型モニターに映し出された。

近くにいた女性客の甲高い悲鳴が、朝彦の左耳を貫いた。背後から、男性が野太い声でメンバーの名前を呼ぶ。

比賀は、一人黙ってステージに向かって両手を広げていた。

人を一人殺したかもしれないのに、一体、何を受け止めようというのだろう。

ザイロバンドの青色が強くなった。会場全体が青く波打ち、虚空を金色のレーザービームが走る。

一曲目は、朝彦もよく知る曲だった。大手学習塾のCMソングだ。子供の頃、朝彦も通った。勉強は楽しいと教えてくれたのは、あの塾の講師だった。

間奏で、ボーカルの男性が「こんばんは！」と客席に呼びかけた。たったそれだけで、悲鳴と歓声が混ざり合い、青いうねりが強くなる。水溜まりが雨粒に打たれるように、鳥の群れが寒空を羽ばたくように。

こんばんは。たった一言の挨拶が、一体どれほどの人の胸を震わせたのだろう。仕事を頑張って、学校生活を頑張って、勉強を頑張って、生きるのを頑張って、あなた達に会いに来たんだよ。そう訴えかける青い光に、たった一言で応えた。

そっと右腕を掲げた。ザイロバンドは青く点滅した。

買ったばかりのタオルで目元を拭いながら腕を振る人、一緒に来た友人と肩を組んで腕を振る人、高らかに歌いながら腕を振る人。どの腕も、同じように青く光る。

二曲目、三曲目――歌が重ねられていくのに合わせ、光の色は変わった。青から緑へ、金色へ、ピンク色へ。

曲の合間に、ボーカルの男が観客に呼びかけた。何万という人が詰めかけているのに、たった一人の声は朝彦の耳にまでちゃんと届いた。

――明日が楽しみな人も、そうじゃない人も、みんなで一緒に歌おう。

再び青色に染まった客席が、歓声で揺れる。

どんな気持ちなんだろう。自分のために何万人という人間が集まって、声を上げているのを、ステージの上でこの人達はどんな気持ちで見ているんだろう。

正反対だ。社会に足を踏まれたまま立ち上がれずにいる自分とは、正反対だった。なのにどうして、憎たらしいと思わないのだろう。いつか……あと十年もたったら、俺も思ってしまうのだろうか。何もかもが憎く、妬《ねた》ましく、すべて破壊してやりたいと考えてしまうのだろうか。

何万人もの人が腕につけた光が、踊る。ステージに立つ彼等を崇めるわけでもなく、「私を見て」と主張するわけでもなく、ただ――僕は俺は私は、ここにいるよと、声を上げているみたいだった。

ステージの上で、彼らは見えるはずのないたった一人を見ようとしていて、ここにいる何万人もの人々は、そのたった一人になろうと右手を掲げていた。

隣で、比賀が右手を振っている。真新しいタオルで目元を拭う。喉の震えは、朝彦にも聞こえていた。

ああ、今、この人は許されたんだ。人が許される瞬間を、背負った罪を肩から降ろす瞬間を、見た。

「なんでかなあ……なんでかなあ……」

震えの合間に、比賀が呟く。

こをろこをろ、こをろこをろ。巨大な青い揺らめきから、そんな音が聞こえた。イザナギとイザナミが、海原を天の沼矛で掻き回した様子を表したオノマトペ。矛から落ちた潮によって島ができていく様は、こんなふうに青く揺れていたのかもしれない。

光の粒の一つ一つに、朝彦は思いを馳せた。どんなふうに朝起きて、どんなふうに家を出て、どんなふうに電車に揺られ、あのどん詰まりの駅にやって来たのだろう。

チケットを買うためにバイトのシフトを増やしたり、「今週を乗り切ればライブに行ける」と仕事を頑張ったり、逆に「ライブを楽しんで、明日からまた頑張ろう」と決心していたり……するのだろうな。

愛したものを体の一部にして生きるのではなく、体の一部にしたいほど愛したものと一時を過ごすために日々を生きるのもまた、楽しいのかもしれない。

規制退場に従って会場を出る人の波から、湯気が上がって見えた。大好きなアーティストと楽しい時間を過ごして、現実に一歩一歩帰っていく人々の後ろ姿は、踵《かかと》のあたりが金色に光っている。

目の前を、金色のテープをひらひらと揺らしながら、中年の男が歩いて行く。ライブ中に打ち上げられたテープに一生懸命手を伸ばし、今日の思い出の一つとして、大事に持ち帰るのだろう。

あちこちから、金のテープが風に揺れる音がした。かさかさ、かさかさ。二月の冷たい風に吹かれて、乾いた音を立てる。

西武球場前駅は大混雑だった。駅員が入場規制中だと叫ぶ。興奮が徐々に冷めてきたのか、一人、また一人と、ライブTシャツの上にコートを羽織る。青と黒のおそろいの装いが、バラバラの上着に覆い隠される。みんな、自分の生活に戻って行く。

「歩きませんか」

真っ黒なコートに袖を通し、ファスナーをきっちり締めて、比賀が提案してくる。二月の夜風に首筋がぶるりと震え、朝彦も慌ててコートを着た。

「多摩湖を越えると、東大和の警察署があるんで」

スマホで地図を見せてきた比賀に黙って頷き、人混みを離れ、ドームの敷地を出た。頼りない街灯が点々と灯る山道は、歩行者どころか車すら走っていなかった。

「ホント、何もないですよね。西武ドームの周りって」

久々に比賀の「へっ、へっ」という笑い声を聞いた。丘陵地を切り拓いて建設したからか、ドームの側こそスキー場や野球場があるが、そこを離れてしまえばただの山の中だった。

暗闇に、地図を表示した比賀のスマホが、ぼんやり光っている。

頼りない街灯を伝うようにして歩くと、いよいよ街灯すらない道に入った。暗闇の向こうで水の音がする。どうやら、多摩湖にかかる橋に入ったらしい。

道幅が狭いから気をつけろという看板が立っている。車がすれ違うのもギリギリな細い橋は、アスファルトのひび割れが靴の裏からでもわかった。

風が吹く。湖を撫でて冷え切った風に、朝彦はコートの襟に顔を埋めた。ライブ会場の熱は、すっかり消え去っていた。火照っていた頬は嘘みたいに冷たかった。

「なんでなんだろうなあ」

ふらふらと肩を左右に揺らしながら、比賀がこちらを見るのがわかった。

「俺だって、いつも、ライブの帰り道に思ってるんだ。優しい人間になろう。安全なところから他人に石を投げて、気持ちよくなってるような奴でいるのはやめよう。上手く行かないのを弱い奴にぶつけて強者ぶるのはやめようって」

「そう、なんですか」

平然と返したつもりだったのに、自分の声は疑念でべたべたになっていた。

「ああ、そうだよ。周りの人間にも見ず知らずの人間にも優しくなろう。そうすればいつか自分にも優しさが返ってくる。諦めちゃ駄目だって、こうやってライブの帰りに思うんだ。本当だ。本当に、ライブの帰りにいつも思うんだ」

あの人達のあの歌が自分の中にあれば絶対に、優しい人間として生きていけるって。

絞り出すように比賀は言った。

「なのに、次の日には、いつもの俺に戻ってるんだ。歌一つで穏やかに生きていけるほど、社会は優しくないんだ」

「だから、ＳＮＳで誰かを攻撃するんですか」

ひゅう、と自分達の間を風が吹き抜けた。生臭さを含んだ、冷たい泥の香りが混ざっていた。

「そうやってれば、現実では大人しくしていられると思ったのにな」

魔が差したんだ。魔が差しただけなんだよ。生まれた時代が悪かった。こんな人生じゃなかったら、俺はあんなことをしなかったのに。比賀の言葉尻にそんな後悔と言い訳が滲んで聞こえる。

「わかってるんだよ。生まれた時代が悪いなんて言うけど、同い年の人間のほとんどは、人なんて殺してない。俺が悪い。俺のすべてが悪い」

比賀はそれ以上話さなかった。朝彦も、途中から相槌を打つのすら放棄していた。

多摩湖に架かる橋は、怖いくらい長かった。天浮橋は天から下界を隅々まで見渡せるのに、名前もわからないこの橋は、遠くで湖面が揺らぐ音しか聞こえない。

橋を渡ると、再び山道が続いた。時刻は午後十時を回ろうとしていた。まだ閉演から一時間もたってない。ライブ中の煌《きら》びやかな青い光は、もう思い出すのも難しくなっていた。

街灯が頼りなく並ぶ山道に、二人分の足音がずるずると響く。西武球場前駅から電車に乗った人々は、こんな陰鬱な気持ちに凍えながら現実に帰っていないだろう。頭上の千切れそうな白い光を見上げて、朝彦は思った。

一時の楽しい思い出を胸に、青い光を抱きしめて電車に揺られて帰ってほしい。家に帰って温かい風呂に入って、せめて今日だけは気分よく布団に入り、瞼《まぶた》の裏で青く光る客席を思い浮かべてほしい。

こんな重苦しい行軍をするのは、自分達だけで充分だ。

だらだらとした山道を下っていくと、ぽつぽつと住宅が見え始めた。ああ、山を下りてきたんだ。ドームの立つ丘陵から、下界へ下りてきた。

「俺がこのまま逃げたら、どうなるんですかね」

唐突に、比賀がそんなことを言う。

「防犯カメラとかもいろいろ調べられてるだろうし、最後にはどうせ捕まりますかね。それとも、意外と逃げられるもんなのかな」

「逃げるといっても、公共の交通機関を使えば必ず痕跡が残りますし、防犯カメラにも映るでしょうし」

言いながら、背筋が強ばって躓《つまず》きそうになった。決して寒さのせいではなかった。

追い打ちをかけるように、比賀が朝彦の顔を覗き込む。

「瀬川さん、殺人犯になるかもしれない男と夜道を歩くの、怖くないんですか？」

そうだ。よくよく考えなくても、俺は今、殺人犯と一緒にいるのだ。まだ被害者が死んだわけではないが、人に暴力を振るって殺《あや》めるほどのことができてしまう男と、人っ子一人いない暗い夜道を歩いている。

先ほどは後悔を口にした比賀が、街明かりを前に心変わりして、逃走を企てたら。彼がやるべきことはシンプルだ。まず、目の前にいる瀬川朝彦を始末する。こいつは、犯人の自供を聞いてしまったのだから。多摩湖にでも沈めてしまえば、しばらくの間は逃げることができる。

だって比賀は、人に暴力を振るえる人間なのだから。他人に危害を加えないためのブレーキを、壊してしまったのだから。

生まれた時代が悪かったかもしれないし、適切なタイミングで適切な支援を受けられなかったかもしれないし、それは確かに不運な人生といえるかもしれない。比賀のブレーキが壊れたのだって、すべてが彼の責任とはいえない。

それでも、壊れたブレーキで人を傷つけるか否か。一線を越えるか越えないか。それは、やはり比賀自身の責任なのだと思う。

「比賀さん」

話を変えよう。このブレーキが壊れた男が暴走しないよう、全く違う話をしよう。

朝彦は慌てて他の話題を探した。

「僕、大学時代に古事記の研究をしてたんです」

今の職業が研究者で、大学卒業後も古事記の研究を続けている。そう説明するだけのことが無性に億劫《おっくう》だった。

「古事記？　全然知らねえや。古典は嫌いだったんだよね」

「古事記の中に、黄泉比良坂という坂があるんですよ。現世と死者の住む世界の境界です」

「ああ、振り返ったら二度と帰って来られないってやつ？」

正確には「見るなと言われたものを見てしまう」なのだが、訂正はしないでおいた。

「振り返ってはいけないと言われたのに振り返ってしまって恐ろしい目に遭うという展開は、世界中に神話や民話のモチーフとしてあるんです。〈見るなのタブー〉って言って、鶴の恩返しや浦島太郎もこのタブーを犯してしまう話ですね」

「へえ、そうなんだ」

面白いくらい、興味なさげな相槌だった。

「すみません。こうやって夜の坂を下っていると、古事記に出てくる黄泉比良坂を思い出してしまって。研究してた人間の性ですね」

比賀と自分を追ってくるものがあるとしたら、何だろう。投げつけて相手を撃退するための桃を、朝彦は持っていない。比賀もきっと持っていない。

「警察署まで、あとどれくらいですかね」

彼は、帰るためにこの坂を下っているのだ。戻ってはいけないし、捕まってはいけない。ＳＮＳで誰かに石を投げて憂さを晴らすだけの日々にも、そんな自分を許してくれる青い光にも。

ただ、真っ直ぐ現実に向かって歩くしかない。

「さあ、三十分くらいじゃない？」

スマホで地図を確認した比賀は、そのまま小さく肩を竦めた。

「大丈夫だよ、ちゃんと行くよ。そのために瀬川さんに来てもらったんだから」

住宅街を抜けると、道の先が明るくなってきた。大通りは自動車が忙しなく行き交っている。

途中、寒さと空腹に耐えかねてラーメン屋に入った。二人共、ラーメンと餃子と半チャーハンのセットを頼んだ。どこの駅前にも必ず一軒あるようなチェーン店で、餃子は具が少なくパサパサしていて、チャーハンは水分が多くべったりしていていたが、ラーメンは美味かった。鶏ガラスープが黄ばんだ照明の下で金色に光っていた。

多摩湖にかかる橋はあんなに長く感じたのに、ラーメン屋から警察署までは早かった。深夜零時を回ったにもかかわらず、建物の半分以上の窓が明るい。

「瀬川さん、最後にお願いがあるんだけど」

朝彦が答える前に、比賀は背負っていたリュックからライブタオルを引っ張り出した。コートのファスナーを下ろし、ライブTシャツを脱ぐ。

二つを、朝彦に差し出した。

「これ、預かってくれないかな」

受け取ったタオルは丁寧に折りたたまれ、Tシャツは比賀の体温で温かかった。

「迷惑、かかっちゃったら嫌じゃん。殺人犯が捕まったってニュースになって、そいつがライブTシャツ着てて、こんな奴があのバンドのファンなのかよって……あのバンドのファンはこんな奴等ばっかりなのかよって、思われちゃうかも」

そんな優しさを、昨日、酔っ払った男性に向けていたら。SNSで心ない言葉を投げつけた誰かに、向けていたら。

そんなことは比賀が一番よくわかっているだろうから、あえて言葉にしなかった。

「もし実刑判決が出たら、出所のときにまたレンタルフレンドを依頼してください。今日のライブTシャツを着ていきます。これを目印に、見つけてください」

コートの前を開き、Tシャツを見せる。「そのとき、これもお返しします」と、比賀から預かったTシャツとタオルを掌で撫でた。シャツはもう冷たくなっていた。

「そっか、ありがとう。そうさせてもらうよ」

ぬるっと会釈をして、比賀は警察署の玄関に向かった。警杖を手に外にたたずんでいた警察官に一声かけ、中に入っていく。

比賀は一度も振り返らなかったし、朝彦も声をかけなかった。きっともう、二度と会うことはないのだと思った。

＊

午前六時の池袋駅前は、妙な安心感があった。水の揺らぐ音しか聞こえない橋の上より、誰かが恨めしく手を伸ばしていそうな暗闇の下り坂よりずっと、息がしやすい。人の疎《まば》らな交差点を渡り、早朝からやっているパン屋でサンドイッチとクロワッサンを二つずつ買った。

ラペーシュのオフィスのインターホンを押すと、しばらく応答がなかった。もう一度インターホンを押し、ドアをノックする。しばらくして、栗山がのそのそと現れた。

「おはよ」

栗山の声は擦れていた。髪には寝癖もある。こんな時間に押しかけたのに、理由も聞かず「入れよ」とドアフックを外してくれた。

オフィスには栗山以外誰もおらず、暖房が怖いくらい効いていた。さっきまで白かったはずの吐息が、熱気になって頬にまとわりつく。

応接スペースのソファで、薄いタオルケットがくしゃくしゃになっていた。ゴミが詰め込まれたコンビニのレジ袋が、打ち上げられたクラゲみたいに床に転がっている。

「家、帰ってないの？」

「面倒臭くてさ。ここ、風呂もあるし、コンビニ近いし」

そうか。擦れた相槌を返し、買ってきたパンを栗山に差し出した。

「朝飯、食べない？」

「おお、サンキュー。食う食う」

栗山はコーヒーを淹れてくれた。「もらいものの粉なんだけど、これが美味いんだよね」と差し出されたカップからは、確かにいい香りがした。

「あ、悪い。瀬川、ミルクと砂糖いるんだった」

「いいよ。せっかく美味いコーヒーなら、このまま飲む」

浮かしかけた腰を、栗山はソファに戻す。「ああ、そう」と、まるで何かに裏切られたみたいな顔で。

一口飲んだコーヒーは、苦かった。この苦味が得意ではないのだが、構わず飲む。ハムと玉子がぎっしり詰まったサンドイッチと交互に口に運んだら、だんだんと苦味は気にならなく……いや、どうでもよくなった。

「今日の仕事、現金払いだった」

比賀から受け取った茶封筒を、そのまま栗山に渡す。栗山は金額を確認すらせず、「あとで瀬川の取り分は振り込むから」とサンドイッチを頬張った。玉子が今にもパンの間からこぼれ落ちそうだった。

「依頼、朝までかかったの？」

「いや、本当は昨日の十時までの予定だったんだけど、依頼人と話し込んでるうちに終電逃して、始発で帰ってきた」

「どこから」

「東大和」

「うわ、すごいところで終電逃したな」

「ネットカフェがあって助かったよ。朝まで漫画読んじゃった」

巻数が多いものを避けたら、何故か少年漫画の打ち切り作品ばかり選んでしまった。二巻、三巻で終わってしまう漫画達は、どれもこれも最終話から断末魔が聞こえた。本当はまだ終わりじゃないんです。まだまだこれからだったんです。でも、終わらなきゃならないんです。

そんな話をしたら、栗山がじっとこちらを見ていた。徹夜で会いに来たから、目元に隈でもできているのかもしれない。

「打ち切り漫画もさ、結構面白いんだよ。打ち切られずに連載が続いたら、大ヒットしてたんじゃないかなって思えるものも結構あった。今は大人気作品を描いてるような漫画家が、若い頃に打ち切りを喰らってたりもした」

「なんでそんな話をするんだよ」

警察署に入っていく比賀の背中を思い出した。警察で事情を話して、きっと逮捕されたはずだ。

これがニュースになったら、彼はSNSに罵詈雑言を書き込むのが趣味の暴力的な男だと報道されるだろう。彼が非正規の仕事を転々としてきたことも、「自業自得」と言われる。氷河期世代だろうと何だろうと、努力を怠ったから、自分で非正規の仕事を選んだから、だから彼の現在がある。他人を傷つけてしまえるような人間になった責任は、すべて彼自身にあると。

「人生を捧げて、すごいことを成し遂げる人もいるし、何も残せない人もいるんだなって、東大和のネットカフェで思ったってことだよ」

冷め切ったフライドポテトみたいな臭いがする個室だった。シートはどこを触ってもべたべたしていた。遠くから誰かのいびきが聞こえた。

「それは小柳先輩のことか？」

それとも、お前自身のことか。栗山の目が、そう訴えてくる。

「小柳先輩でも俺でも一緒だよ。先輩は俺の十年後だ」

比賀だって、ライブのたびに「優しい人間になろう」と決意して、繰り返し繰り返しその決意を打ち砕かれてきた。他者を恨んで傷つけるようになった。現実に人生を殺された。

つくづく、ああはなりたくないと思った。

「やめるなよ」

懇願する栗山は、サンドイッチを紙ナプキンに置いていた。額に手をやり、うな垂れ、「やめるなよ」と繰り返す。

「俺は瀬川に、研究者であり続けてほしい」

サンドイッチの切れ端を口放り込み、朝彦は肩を落とした。

「それは、栗山の分まで、ってこと？」

「俺は駄目だったから、続けてる人間に頑張ってほしいって思うのは、おかしいことか」

それが彼の本心だとわかっていた。それだけではないということも、わかっていた。

栗山の顔を見つめた。俺の目は今、栗山に何と言っているのだろう。一瞬だけこちらを睨みつけた栗山は、観念したように眉間に皺を寄せる。

「ああ、そうだよ。お前に研究を続けてほしいと思うのが、本当に『俺の分も頑張ってくれ』なのか、『俺の選択は正しかったと思わせ続けてくれ』なのか、俺にも、よくわからない。研究者なんてやめて正解だったんだって、お前を見て実感し続けたいから、だからやめないでほしいのかもしれない」

言い終えてからも、栗山はしばらく口をぱくぱくさせていた。心と体を繋いでいた線が、ぷつりと切れてしまったみたいに。

「ごめん」

絞り出された謝罪に、朝彦は喉を震わせて笑った。

「そんなの、ずっと前からわかってたから、別にいいよ。俺が栗山だったとして、やっぱり同じことを思うよ」

　未練が大きいからこそ、ずっと振り切れずにいて、後ろめたさがあって、「もう少し頑張っていたら」というタラレバがつきまとう。朝どれだけ気持ちよく目覚めても、美味いコーヒーを飲んでも、仕事で達成感を得ても。新しい生活は充実しているといくら実感しようとも。望んで乗り込んで、乗り続けたいと思っていた電車から降りてしまった事実は拭い去れない。

「でもさ、栗山もちゃんと、新しい仕事をしてる自分を認めてやりなよ。俺への期待とか、哀れみをエネルギーにするんじゃなくて、自分でさ。もう立派に会社経営してるんだから、誰もお前を悪く言わないよ。よくやってるよ、本当に、栗山はよくやってるんだ。俺なんかが言っても説得力ないだろうけど」

「違うよ、瀬川に軽蔑されたくなかったんだ」

　冷めてしまったコーヒーを、栗山は飲み下す。サンドイッチを再び手にしたが、玉子がぼろりとこぼれ落ちてしまった。

「頑張って勉強したんだよな、俺達」

　落ちた玉子を、ぎょっとした表情で栗山は見下ろした。

「同級生がどれだけ遊んでようと、勉強して、古事記の研究がしてみたくて大学院に入って勉強して、研究して、没頭してきた。研究を続けるために非常勤講師の口を探し回って、単位取るためだけに出席してる学生相手に授業して、レポートの採点して、親に金借りて研究費を払って、奨学金を返済して、資料を買って。それが俺達の青春だっただろ？」

「そうだね」

モラトリアムにまみれて怠惰でいたかったわけじゃない。世間を拒絶したかったわけじゃない。ただ、好きなものをとことん追究したかった。

「その結果がこれかよ」

ああ、そうか。俺は今日、栗山の研究者としての人生も、一緒に終わらせるらしい。彼はすでに足を洗ったけれど、辛うじてつながっていた細い細い糸を、朝彦の手で断ち切るのだ。

「ごめんな、栗山」

栗山が自分の研究資料と一緒に「もらってくれ」と届けてくれたものを、地面に下ろそうとしている。

「やめなければ起死回生の何かがあるはずだって、きっと小柳先輩も思ってたはずだ。ここでやめたら何も残らない。経済的にも経歴的にも何も残らないし、何より自分自身がきついって。栗山や貫地谷先生から頑張れって言われて、踏ん張れてた」

起死回生の期待も、励ましも、命綱だった。でも、あと十年すれば呪いになる。小柳は呪いに殺された。俺は、その前に研究者としての自分を殺そう。呪いに殺されたくない。どうせ殺されるなら、現実ではなく理想に殺されたい。

「研究をやめたらどうやって生きていけばいいんだろうと思ってたけど、意外と方法はありそうだなって、レンタルフレンドのおかげで学んだよ」

ありがとう。感謝の言葉は何故か擦れた。栗山は両手で顔を覆い、短く頷いた。

「瀬川、うちの会社で働くか？　一人くらいだったら、何とかなると思う」

節くれ立った指の隙間から、栗山のそんな優しさが漏れてくる。

「俺達、あんまり馴れ合わない方がいいよ。ずっとずっと、ポスドク時代のことを舐め合って仕事することになる」

栗山だってわかっているはずだ。自分達には覚悟が必要だと。十代、二十代を懸けて報われなかったものを、胸の奥にしまい込むこと。きっとそれは猛烈な痛みを伴う行為で、それに耐えて、次の生活を送ること。

それは、自分一人の力でやるべきなのだ。

「あ、でも、レンタルフレンドの仕事は結構楽しいから、ラペーシュにはしばらく登録しておくかも。暇なときに自由に依頼を受けていいんだろ？」

思っていたよりずっと軽やかに言えたと思ったのに、栗山は顔を伏せたままだった。だいぶ時間がたってから、「ああ、もちろんだよ」と顔を上げた。泣いてはいなかったが、目が真っ赤だった。

俺の目は、何色をしているだろう。

「なあ瀬川、俺達、もっと違うものを好きになればよかったんだよな。人の命を助ける方法とか、災害から社会を守る方法とか、もっとサクッと金を稼げるような分野の研究をさ」

確かに、そうだ。世間から「よく研究してくれたまえ」とお墨つきをもらえるような分野を好きになってたら、こんな終わり方をせずに済んだ。栗山はインドネシアの大学で活躍しただろうし、朝彦だって、小柳だって、研究者であり続けた。

「でもな栗山、俺は結構楽しかったよ。栗山だってそうだろ？　古事記に生きた時間が、消えるわけでもないし」

今はそんな生ぬるい慰めの言葉しか、捻り出せなかった。


その日の午後、久我山で男性を殴って意識不明の重体にした男が逮捕されたというニュースが流れた。犯人の名前は比賀誠といった。一九七七年に生まれた男の子の名前で、もっとも多い名前。

東大和警察署から久我山を管轄する高井戸警察署へ移送される瞬間を捉えた写真には、無表情の比賀が写っていた。ニュースサイトのコメント欄は見ず、事件のことも比賀のことも、それ以上調べなかった。

二日後、比賀が殴った会社員の男性が亡くなった。大手製薬メーカーの営業部長で、部下思いの優しくて気さくな人だったと、記事の片隅に書いてあった。比賀は傷害致死の容疑者になった。

彼から預かったライブTシャツとタオルは、しっかり洗濯して、皺《しわ》を伸ばし、自宅のクローゼットの一番奥にしまい込んだ。

さらに数日後、非常勤講師として勤務中の大学から連絡があった。あと一ヶ月弱で雇い止めだというのに何故……と電話を取ったら、相手は日本文学科の学科長である岸本教授だった。

四月から採用予定だった非常勤講師が、突然辞退を申し出た。このままでは新年度の授業に穴が空いてしまい、大変困っている。瀬川先生に引き続き授業を受け持ってもらいたい。

愚痴と言い訳が滲んだ岸本教授の話は、不思議なくらい耳を素通りしていった。今、チャンスが降ってきているのに。研究者を続ける口実が、目の前にキラキラと光りながら落ちてきたのに。

「すみません、他の方を当たってください」

チャンスは金色の尾を引いて、他の誰かのところにいくだろう。その人にとって、このチャンスが起死回生の一手となることを祈った。

間章　踏ん張って

蕎麦屋を出てから何時間たっただろうか。雨はすっかり本降りで、小柳博士の肩を打つ雨粒の音は高らかだった。

背負ったナイロン製のリュックには水が染みてしまい、ずっしりと重かった。きっと中は酷い有様だろう。

こをろこをろ。

目を閉じると、そんな音が聞こえる。

学部生時代から数えて……二十七年。長いこと探し続けていた「こをろこをろ」という音を、まさか今になって聞くことができるなんて。

こをろこをろ、こをろこをろ。

小柳の体の中はそんな音を立てて掻き回される。果たして、ここから何が作られるのか。何も生まれず、ただこの凪《な》いだままの心が続くのか。

雨粒がこめかみを伝っていった。登山道は最初こそ舗装された綺麗な道だったのに、徐々に険しい山道になっていく。安物のスニーカーの踵《かかと》に泥と落ち葉がこびりつき、一歩踏み出すごとにずるずると滑る。

悪天候も相まって、日没前なのに山はすっかり暗かった。茂ったブナの木が、名前のわからない背の高い草が、小柳の行く手を阻んだ。

止まることができなかった。ぐっしょり濡れた衣服は重く、寒さで奥歯が鳴った。鬱蒼《うっそう》とした木々が途切れ、見晴らしのいい場所に出た。晴れていれば周囲の山々も遠くの景色もよく見渡せたはずだが、雨で空気は濁り、薄墨を流したような靄《もや》がかかっているだけだった。

きっと、黄泉の世界にイザナミを迎えに行ったイザナギも、こんな景色を見たに違いない。夕闇が溶けた靄の中を、泥に足を取られながら、愛する者を求めて歩き続けた。きっと、そうだった。比婆山《ひばやま》と黄泉の国はつながっている。山は死とつながっている。

靴の中に泥なのか雨水なのかが入り込み、ぬちゃぬちゃと音を立てた。構わず歩いた。歩きながら、非難がましい目でこちらを見ている瀬川朝彦の顔が思い浮かんだ。

許してくれなくていい。でも、古事記はちゃんと大学に持って帰るから、許してほしい。

急な傾斜と濡れた落ち葉が、小柳の足を掬《すく》った。左足にぐっと力をこめ、右手を泥の上に突いて、踏ん張った。なかなかいい踏ん張りだ。俺もまだまだ捨てたもんじゃない。

霞む登山道の先に呼びかけると、遠くで誰かが「ああ、そうだよ」と応えてくれた。だから頑張れ。まだ大丈夫だから。踏ん張れ。励ましは延々と続いた。

振り返ることなく、小柳は山を登っていった。

第五章 それは、悲しいことでしょうか

貫地谷ゼミの学生達は、誰も彼も眩しいほどに若かった。

「あ、これほしい！　大学の図書館にもなかったんだよコレ！」

「私はこっちをいただいてもいいですか？　自分用に持っておきたかったんです」

朝彦がコツコツ集めてきた資料を床に広げ、学生達は楽しそうに物色していた。狭いワンルームアパートは、五人の学生と二人の院生で立錐の余地もない。

朝彦は仕方なく、貫地谷先生とベランダに出てその様子を眺めていた。

五月最後の日曜日は、三十度近い夏日だった。初夏どころか完全に夏の顔をした日差しが、うなじのあたりを甘嚙みするみたいに焼く。

ただ、学生達が差し入れで買ってきてくれた炭酸ジュースが、猛烈に美味い。

「悪いね、瀬川君。みんなで押しかけちゃって」

レモン味の炭酸ジュースの缶を呷りながら貫地谷先生はそんなことを言うが、資料を吟味する教え子を見る目は、孫を前にしたみたいに穏やかだった。今日の日差しとも、喉の奥で熱く弾ける炭酸とも正反対だ。

「好きな資料を持っていっていいって話したら、みんな来たい来たいって言うから」

「気にしないでくださいよ。僕も、ちゃんと活用してくれる人がもらってくれる方が嬉しいです。古い資料も随分ありますけど、買おうとしたら数万円するようなのも多いですから」

大手の古本買い取りサービスに査定を頼んだところで、リサイクル品としてゴミ同然に扱われるものが多い。神保町あたりの専門古書店に行けばしっかり価値をわかった上で買い取ってくれるだろうが、如何《いか》せん量が多い。

何より、母校の後輩に引き取ってもらえる方が、自分の十数年の研究者人生が報われる気がした。

「こうやって見ると、随分とあるね。瀬川君の人生そのものだよ」

貫地谷先生の目が、本棚にぎっしり詰まった本に向けられる。床にも随分資料が広げられているのに、一向に本棚に穴が空く気配がない。

「僕の資料だけじゃないですよ。栗山の分もありますし、小柳先輩のトランクルームから引き取ったのもありますから」

三人の研究者の人生の残骸が詰め込まれてるんですよ。冗談半分に言うのにも胸が痛くて、朝彦はゆっくり言葉を飲み込んだ。声にならなかった嘆きは、扁桃腺のあたりをざくりと掠めていった。

二人の学生が一冊の資料を巡ってジャンケンをし始めた。タイトルを確認すると、『古事記における表現と構想についての研究』だった。

ふと、背骨のあたりから込み上げるものがあった。

「それ、もう一冊あるよ」

ちょっと待っててと断り、下駄箱の横に放置してあった段ボールの封を開ける。正月に嗅いだトランクルームの素っ気ない香りが、まだ中に残っている。『古事記における表現と構想についての研究』は一番上に入れられていた。

「俺も別の人からもらったものだから、大事に使ってね」

同じ本を差し出すと、二人は黄色い声を上げて喜んだ。「うわあ、やったー!」「ありがとうございますっ!」と朝彦を見上げる目は、同じゼミの出身で、研究の道に進んだ先輩をキラキラと尊敬していた。

やっぱり大人は違う。研究歴の長い人は違う。かつて朝彦が小柳をそう見ていたように、朝彦の資料を敬意を持って受け取ってくれた。

七人で山分けしても、朝彦の本棚はなかなか空にならなかった。

学生達が持参した紙袋やエコバッグは一時間もせずいっぱいになってしまい、近所のドラッグストアから段ボール箱をもらってくる羽目になった。とてもじゃないが抱えて持ち帰ることはできず、家の側のコンビニから宅配便で送ることにした子もいた。

昼食にデリバリーピザを五枚頼んだ。先輩らしく奢ってやろうと思ったのに、結局半分は貫地谷先生が出してくれた。

「処分に困るようなら、残りは僕が研究室で引き取るよ。今度車で取りに来るから」

掃き出し窓に腰掛けてピザをゆっくり食《は》む先生の隣で、伸びきったチーズを弄《もてあそ》びながら「助かります」と礼を言った。蕎麦をするみたいにチーズを口に詰め込むと、背後で学生達がげらげらと笑った。

上代文学の資料に囲まれて、味つけも具材もジャンキーなピザを手に、気の抜けた炭酸ジュースを手に、出番を争うように喋る。古事記や資料のことで盛り上がっていると思ったら、数秒後にはバイト先で見かけた変な客の話題で笑い合う。

一体、何がそんなに楽しいんだか。

「一体全体、何があんなに楽しいんだろうね」

室内を振り返った貫地谷先生が、朝彦の胸の内を綺麗に言葉にする。

「同じものが好きで夢中になってる者同士、一緒にいるだけで、楽しいんですよ」

俺だって、学生時代はそうだった。それだけで人生は充分満たされると思っていた。

一人の大人が生きていくには、それ以外に必要なものがたくさんある。

硬くなってしまったピザの耳を齧《かじ》りながら、自然と笑いが込み上げてくる。貫地谷先生は「そういえば、若い頃はそうだったかも」と、遠くを見る目をした。

「僕からすれば、瀬川君も若いんだけどね」

それは研究の世界から足を洗う自分への、回りくどいエールだろうか。文学研究者らしく、薄皮を慎重に剥いで、口に含んで、味や香りに耳を澄ませて、咀嚼《そしゃく》する。先生の言葉はやはり「君にもそういう時間がまた訪れるはずだよ」になる。

「そうですね。何もなくなったんで、ここからまた、頑張ってみます」

予想以上に油っぽくて胸焼けがしたピザは、若者達が綺麗に平らげてくれた。朝彦の本を何十冊と抱えて帰っていく彼らの足取りは、驚くほどに軽い。あんな歩き方、自分にはもう二度とできない気がした。

「瀬川さん、研究やめちゃうんですか」

ナイロン製の袋を本でいっぱいにした男子学生が一人、玄関で話しかけてきた。先ほど『古事記における表現と構想についての研究』をあげた子だった。

彼が受け取ったのは、小柳の持っていた方だ。

「そうだね、やめるよ。今、就職活動の真っ最中なんだ」

大学を出てから十年以上、いわゆる〈普通の社会人〉というものから離れて生きてきた。自力での就職活動は厳しいと思い、ひとまず転職エージェントに登録してみた。面談してくれたキャリアアドバイザーは、どこまで本心かはわからないが、「三十五歳ならまだまだ選択肢はあります」と励ましてくれた。

「来週に面接を受ける予定なんだけど、そこは模擬テストや参考書の問題作成をする編集プロダクションなんだ」

瀬川さんのこれまでのキャリアを活かせると思います。キャリアアドバイザーはそう言ったが、果たしてどこまで研究者としての時間が糧となるかは未知数だった。

「そうなんですか」

彼の声は、明らかに消沈していた。まるで、自分の未来に待ち構える一つの可能性を、間近で見るみたいに。

ふと、彼を以前、貫地谷先生の研究室で見かけたことがあるのを思い出した。小柳と最後に顔を合わせた日、借りた資料を返しに来た子だ。

確か、彼は――

「院に進んで、研究を続けたいんだって?」

「やっぱり、大変ですか?」

探るように向けられた視線には、現実を恐る恐る覗き込む覚悟と、「それでも」という期待感が混ざり合っていた。コーヒーにミルクを垂らしたように、二つは溶け合って、いずれ分離できなくなる。そうやって朝彦もあの世界に飛び込んだ。

「そうだね、大変だよ。覚悟しておいた方がいい」

最初はいい。楽しさや面白さ、やり甲斐といった目に見えないものをエネルギーに生きられるうちは。そうではない段階に入ったときに、踏ん張れるか。

いつまで踏ん張るか、いつどんなタイミングで乗り込んだ電車から降りるか。

そんな話は、学生である彼にはまだすべきではないとも、わかっている。

「ねえ、俺の連絡先、君に教えてもいいかな」

彼は一瞬だけ目を丸くして、すぐに「はい、ぜひ」とポケットからスマホを引っ張り出した。電話番号でもメールアドレスでもなく、SNSのアカウントを教えあった。

「院に進むときでもポスドクになるときでも、そのあとでもいい。もう踏ん張れないと思ったら、連絡して」

「やめるな、って説得してくれるんですか」

「そんな簡単な話じゃないよ」

そうだ。そんな簡単に済ませられる話ではない。やめることも続けることもあっさり飲み下せてしまうなら、こんなことにはならなかった。小柳は失踪しなかったし、古事記の版本は今も慶安大学の図書館にあった。

「やめていいんだよ、って話をすると思う。研究を諦めた人間からそんな話をされるのは面倒くさいなって思えるうちは、俺なんて必要ないさ」

アパートの前の道から、学生達がこちらを呼んだ。どうやら、貫地谷先生がこのあとパンケーキを食べに連れていってくれるそうだ。脂っこいピザを食べた後にパンケーキだなんて、どうやれば入るのだろう。

「ごめん、行く行く！」

彼は高らかに返事をして、朝彦に一礼した。

「資料、大事に使います」

嚙み締めるようにそう言って、両手いっぱいの資料を抱えて、帰って行く。

ああ、どうか大事に使ってくれ。若い背中を見送りながら、しみじみ思った。自分に研究資料を託した栗山も、トランクルームの緊急連絡先を朝彦に変えた小柳も、こんな気持ちでいたのだろう。

胸の奥、背骨に近い深い場所で、重く熱く、鈍い痛みが揺らぐ。研究者として生きた十数年分の自分が、泣きながら喚《わめ》いている。

いつか彼から連絡がきたら、小柳の話をしよう。栗山の話もしよう。もちろん、自分の話も。

後輩に資料を譲ったように、そうやって後進に残せるものがある。研究をやめても、研究してきたことを忘れるわけじゃない。その事実が少しだけ傷を舐めてくれる。気休めなのもわかっているし、そういう感傷に浸る自分に虫酸《むしず》が走る。

それでも、今、この虫酸によって俺は安らかでいられる。


貫地谷先生からのパンケーキの誘いを丁重に断って、夕方に池袋へ出た。駅のサイネージで、人気アニメのキャラクター達が賑やかに動き回っている。

平日の上、飲むにはまだ早い時間帯なので、待ち合わせ場所の海鮮居酒屋はがらがらだった。

先に入っています、というメッセージの通り、大石先生は隅のテーブルでビールを幸せそうに飲んでいた。卓上コンロで焼かれているのは、トウモロコシだった。せっかくの海鮮居酒屋なのに。

「やあやあ瀬川先生、ご無沙汰です」

朝彦が椅子に腰掛けるより早く、大石先生は「さあ、いっぱい飲んでいっぱい食べて」とメニューを差し出してきた。最後に会ったのは今年の一月、非常勤講師として勤めていた大学の最後の出勤日だから、かれこれ四ヶ月ぶりだ。

ビールを頼んで、乾杯をした。朝彦は「新年度、お疲れ様です」とグラスを一段下げ、大石先生は「新生活、お疲れ様」とグラスを下げる。結局同じ高さで乾杯した。

何年も前に連絡先を交換したものの、これまで特にやり取りのなかった大石先生から連絡がきたのは、先週のことだった。

昨年度まで朝彦の受け持っていた授業は、新しい教員によってつつがなく開講されている。その非常勤講師が「三月の頭に突然打診があって、慌てて飛びついたんですよねー」と話しているのを、大石先生は講師室でいつも通り昼食にカップラーメンをすすりながら聞いたという。

本来授業を受け持つはずだった教員——朝彦を追い出して呼び寄せるはずだった学科長の元教え子が、前任校で不祥事を起こしたという噂を大石先生が知ったのが、ちょうど先週だったらしい。

「二月に日本文学科から契約更新の打診があったのに、断ったんだって?」

こんがりと焼けたトウモロコシを囓《かじ》りながら、大石先生が聞いてくる。タレが塗られたトウモロコシは、祭の屋台で売られているような飴色をしていて美味かった。海鮮居酒屋でわざわざ食べるトウモロコシだから、いいのかもしれない。

「ええ、岸本学科長は随分粘ったんですけど、すっぱりお断りしました。引き受けたところで、どうせ五年ルールのせいでまたすぐに雇い止めですし」

「そりゃあ、そうなんだけど」

店員が焼き物の盛り合わせを運んできた。イカ、帆立、ホンビノス貝、海老、サザエが木桶に山盛りになっている。「おお、来た来た」と嬉しそうにサザエをコンロに乗せた大石先生は、すぐに眉を八の字にした。

「瀬川先生、今年で三十六歳だもんね。新しい業界に行くにしても、まだまだ選択肢がある」

「それでも、二十代に比べたら確実に選択肢は少ないですよ。十年後にはきっともっと少なくなってます。だから、今でよかったと思うんですよね」

トングでコンロにイカを置く。大振りで肉厚なイカは、悲鳴のような音を立てて身を縮こまらせる。

サザエとイカにじわじわと火が通っていく。その音のおかげで、無言の時間も居心地が悪くなかった。

焼き上がったサザエは、なかなか取り出せなかった。固く閉ざされた蓋は竹串ではびくとも言わず、大石先生は「参ったな」と苦笑してテーブルにサザエをコンコンと叩きつけた。

「僕らみたいな、いい時代に生まれて老後の蓄えも潤沢な老人達が、リタイア後の生きがいと暇つぶしのために安い給料で非常勤をやってることが、若い世代を苦しめているのかもなあ」

叩いても割れないとわかったのか、先生は再び竹串でサザエの蓋をこじ開ける。

「長いこと大学教員をやってたけど、この数十年でつくづく大学は変わっちゃったよ。お国の顔色を窺って、自治権は失われ、財務省から『稼げる大学を目指せ』と言われたら了解しましたと跪《ひざまず》くしかない。研究の場としての環境は、確実に悪化した」

かりっ、かりっ。サザエの蓋を引っ掻く音が、コンロの炎が爆《は》ぜる合間に響く。朝彦は何も言わず、指先でサザエの先端をつついた。

「そうですね。僕も今二十二歳だとしたら、大学院には進学しないと思います」

「だねえ。教え子から院進学の相談をされたとして、せめて海外の大学院に行きなさいとアドバイスするね。大変ではあるだろうけど、日本よりは可能性がある」

昼間会った貫地谷ゼミの後輩に、そう伝えておけばよかったなと今更ながら思う。本当に研究者として生きていきたいなら、今のうちからしっかり語学の勉強をして、さっさと海外に行け。きっと、貫地谷先生がもう似たような助言をしている。

「自分が研究者として比較的いい時代を過ごせたくせに、それを次の時代に繫げられなかったこと、本当に申し訳なく思ってるよ。完全に、僕達年寄りの責任だ」

「こればかりは、先生一人の問題じゃないですよ。乱暴に言ってしまえば、時代です。生まれる時代が悪かったんです。運がありませんでした」

語尾に力をこめたら、サザエの蓋の隙間に竹串が入り込み、渦巻き状の身がぬるりと飛び出した。

「あ、取れました！」

「おお、さすが瀬川先生」

ちょっと貸してください、と大石先生のサザエを受け取り、同じ感覚で竹串を刺す。ぬるっと姿を現したサザエの身に、先生が再び歓声を上げた。


大石先生と別れた直後、貫地谷先生から電話がきた。池袋駅前の交差点で信号待ちをしているときだった。駅へ向かう人、駅から出てくる人が、交差点を挟んで大勢蠢《うごめ》いていた。

スマホの画面に貫地谷先生の名前を見た瞬間、不思議と予感がした。喉の奥がツンと冷たくなって、周囲の音がよく聞こえた。

電話の内容は、予感の通りだった。

小柳の遺体が、今日、見つかったそうだ。

＊

祖父母の葬儀、親戚の葬儀、自死してしまった大学時代の知人の葬儀、世話になった研究者の葬儀……三十代も半ばになれば葬式なんて何度も経験するのに、今日の斎場は焼香の匂いが特別濃かった。

近親者だけで行う予定だった葬儀に、貫地谷先生と栗山と朝彦の三人だけが参列を許された。会場は狭く、外は三十度近い気温だというのに酷く寒い。

葬儀は淡々と、粛々と進んだ。僧侶が入場して読経を終えると、弔辞や弔電が読み上げられることもなく、参列者による焼香が始まる。人数が少ないから、最後列に座っていた朝彦達の番がすぐに回ってくる。

「遺影、いつのだろ」

席を立つ瞬間、栗山が呟いた。比賀誠とライブに行った翌日に会って以来だから、およそ三ヶ月ぶりに顔を見た。喪服を着ているせいなのか、以前より随分やつれて見えた。

「古事記のデジタルアーカイブプロジェクトのときの、研究者名簿に載ってた写真じゃないかな。ホームページで見た覚えがある」

ということは、もう十年近く前の写真だ。小柳の肌には張りがあって、口や目元の筋肉にまだ生命力がある。何より笑みが柔らかだ。

古事記のデジタルアーカイブプロジェクトは、古事記教育・研究を海外発信するための事業の一環だった。文科省から助成金も下りて、大きなプロジェクトだった。母校である慶安大学が主導していたから、院生だった朝彦もささやかに関わった。

あの頃はよかったなあ。呟きそうになって、十年前ということは、遺影の中の小柳は、今の自分と同い年なのだと気づいた。

祭壇には棺はなく、代わりに小さな骨壺が置いてあった。遺体の一部が白骨化していて、葬儀の前に火葬を済ませたのだという。

焼香をして、小柳の両親に一礼する。二人は目を伏せたままだった。息子のことを何か知らないか、と去年の秋に喫茶店で詰められたことを思い出す。あのときのようなエネルギーはもう残っていないのか、目の前を流れる川を眺めるように、淡々と参列者に頭を下げている。

あっという間に焼香は終わった。火葬もないから出棺もない。精進落としに向かう親族に挨拶をし、朝彦達はタクシーを拾って斎場を出た。

「なんで比婆山だったんでしょうね」

助手席に座った栗山が、窓から視線を外さず呟いた。何かを押しつけてくるように、空は青かった。

「比婆山、よくフィールドワークで行ってたからな。広島も島根も、どっちも」

ちらりと隣に座った貫地谷先生を見る。「そうだねえ」と肩を落とした先生は、何か言葉を続けようとして、黙りこくってしまう。

「楽しかったなあ、比婆山フィールドワーク」

自然と思い出が口から溢れてしまう。

「東京駅からみんなで夜行バスに乗って、広島に着く頃には体がガチガチになってるんだけど、そこから電車移動がまた長くて大変で」

「そうそう。しかも、比婆山登山が始まると、これがまた結構しんどいんだよな」

ははははっという栗山の笑い声は、ちょっと疲れていた。でも、サイドミラー越しに見えた彼の顔は、葬儀中に比べたら柔らかだった。

「最後に、楽しい思い出がある場所に行きたかったんじゃないかな、小柳先輩」

小柳が自ら死を選んだかのような言い方に、朝彦も貫地谷先生も反論しなかった。

広島県庄原市の比婆山の山頂近く、登山道から外れたブナ樹林の中で、小柳は見つかった。側にはイザナミの御陵とされる巨石が横たわっている。フィールドワークで何度も訪れた場所だ。

小柳を見つけたのは、山開きに合わせて比婆山を訪れた登山客だった。遺体は損傷が激しかったが、持ち物の中に保険証があり、小柳だとわかった。

小柳が死んだのは、去年の十月頃だという。遺体が見つかったことで、警察は小柳の足取りをあっさりと割り出した。古事記と共に姿を消したその日、東京駅から夜行バスに乗り、その二日後に広島駅から在来線を乗り継いで比婆山に向かったのが、途切れ途切れに防犯カメラに映っていたとのことだった。

当日の比婆山の天気は雨だったという。夕方から登山を始めた小柳は、山頂付近で凍死したとみられている。自殺なのか遭難なのかは、わからない。

ただ一つ確かなのは、朝彦がレンタルフレンドを始めた頃も、西葛西で保育園の願書を出すために徹夜で並んでいるときも、池袋で予備校生と年越し蕎麦を食べているときも、埼玉で傷害事件の容疑者とライブに行っているときも、小柳はこの世にいなかったということだ。

彼が死んでしまった事実より、そのことが朝彦の胸をえぐった。小柳のいない世界で小柳のことを考えていたことが、ただ虚しかった。

小柳が死ぬつもりで比婆山を登ったのか、遭難や不慮の事故で亡くなったのかは、わからない。

「それにしても、古事記はどこに行ったんでしょうね」

斎場では口にできなかったことを、やっと言葉にする。

小柳の遺留品の中に、古事記がないのだ。和製本全三巻が、どれだけ探しても出てこない。

「小柳さんが帰ってきたら、古事記も一緒に帰ってくると思ってたんですけどね」

朝彦の呟きに、貫地谷先生も栗山も答えない。タクシー運転手も、葬儀場から出てきた客の話に混ざってくることはない。

駅前でタクシーを降り、売店で釜飯を買って、新幹線に乗った。釜飯を食べ終えて一息つく頃には、もう大宮を通り過ぎていた。

「小柳君、古事記だけは黄泉の国に持っていっちゃったのかな」

貫地谷先生がそんなことをこぼしたのは、東京駅のホームに降り立ったときだった。清掃スタッフが続々と車輛に乗り込むのを、肩を抱きたいほど寂しげな顔で見ていた。

新幹線の座席が一列ずつ綺麗に掃除されていくのを眺めながら、道中で食べた釜飯が、胃の中でふつふつと燃えた。

「僕、比婆山に行ってみようと思います」

大声で言ったつもりはなかったのに、乗降客で混み合うホームで栗山と貫地谷先生が勢いよく振り返った。二人の口から「ええっ」と声が溢れ出る。

「い、今から？」

怪訝な顔で身を乗り出した栗山に、ゆっくり頷いた。時刻は午後二時。比婆山に向かうには充分な時間があった。

二人とも、「どうして」と聞かなかった。朝彦が言い出さなかったら、数日後に比婆山に向かっていたのは栗山だったかもしれないし、貫地谷先生だったかもしれない。

「瀬川」

俺も行くよ。栗山がそう言いかけたのがわかった。けれど彼はすぐに言葉を飲み込んで、財布から一万円札を二枚出して朝彦の手に押しつけた。

「僕からも」

貫地谷先生も、同じように二万円、朝彦に差し出した。丁重に断るところだとわかっていながら、朝彦は二人からお金を受け取った。

「助かります。正直、交通費がきついなって、言ってから思ってました」

あはは、と笑おうとしたら、栗山に背中をポンと叩かれた。足が勝手に駆け出した。

「ありがとうございます！」

大声で礼を言って、階段を駆け下りた。改札を抜けると、東海道新幹線の切符売場はすぐ側だった。一番早い博多行きの新幹線の切符を買った。

＊

もう二度と来ることはないであろう木次《きすき》という駅の側に建つ民宿で、朝彦は目を覚ました。カーテンの隙間から白い光が細く細く和室の中央へ伸びているのが、眼鏡をかけていなくてもわかった。

昨日の二時過ぎに新幹線で東京を出て、岡山駅から在来線に乗り換え、ＪＲ木次線の木次駅で終電がなくなった。慌てて飛び込んだ古い民宿だったが、朝食はおかずも味噌汁も漬物も具だくさんで美味かった。

チェックアウトの際、たいした荷物も持たず喪服姿で宿泊した朝彦のことをスタッフがじろじろと見ていたが、気にせず宿を出て木次駅から備後落合行の始発に乗った。

本数が極端に少ない路線のようで、早朝にもかかわらず車内にはちらほらと乗客がいた。とても静かだった。座席の下から聞こえるいびきのような走行音に耳を澄ませ、真っ黒に磨かれた革靴を見つめながら、目的の駅がアナウンスされるのを待った。

ローカル線の時間の流れは非常にゆったりとしていた。一生、比婆山に辿り着けない気がした。目の前に座っていた乗客が下車し、別の客がやって来る。その人も途中の駅で降りる。

二時間たった。やっと、「次は油木《ゆき》、次は油木」というアナウンスが響いた。停車までまだ時間があるのに、朝彦は早々に立ち上がってドアの前に陣取った。

山間の集落の中にぽつんとたたずむ油木駅を出て、キャンプ場へ続く県道をひたすら歩いた。道は六の原川という河川に沿って、比婆山に吸い込まれるように伸びる。

学生時代は、キャンプ場の送迎バスで仲間とわいわい喋りながらこの道を行った。楽しかった記憶ばかりなのに、今はこの道が恐ろしい。

どう見たってこれは、俺を誘っている。坂の先から吹き下ろす風が冷たい。行ったきり帰って来られないことを告げているみたいだ。

一時間以上歩いて、懐かしいキャンプ場に辿り着いた。平日のため、駐車場には車もほとんど停まっていない。誰ともすれ違わず、朝彦は登山道に入った。

梅雨入り前の山は緑が濃く、植物の葉一枚一枚が天からのエネルギーを体に溜め込んでいる音が聞こえてきそうだった。きっとそれは、人間の血液が体内を巡る音と似ている。

アスファルトで舗装された道を抜け、土の登山道に入る。湿った土の匂いは鉄臭く、血の臭いに似ている。金色の木漏れ日が踊る細い道を、朝彦は深い呼吸を繰り返しながら登っていった。

しばらく歩くと、頭上を覆っていたブナの枝が晴れ、空が覗いた。汗ばんだつむじを緩い風が撫でていく。喪服はところどころ白く汚れていた。

見晴らしのいい場所に出た。フィールドワークのときもここで休憩をした覚えがある。「疲れたあ」とスポーツドリンクをがぶ飲みして、昼飯に何が食べたいかで盛り上がった。

比婆山から連なる山々がよく見えた。多くの山が身を寄せ合い、繋がり合っているのがよくわかる。近くの山ほど緑が鮮やかで、遠くの山ほど青く霞む。今日は天気がいいから、最果ての山は空に溶けてしまうほど白んで見えた。

駅の自販機で買ったスポーツドリンクを半分飲み、再び歩き始めた。徐々に道が険しくなっていく。昔よりずっと鮮明にそう感じるのは、朝彦自身の体が衰えたからだ。捻れるようにして生えた巨木に、標高の高さを実感する。人の手が及ぶ世界を離れた。神話と歴史と物語の領域に足を踏み入れた。

小柳が死んだ場所はもうすぐだった。春先に茂った青い藪を掻き分け、土を被って灰色に汚れた革靴で、勾配に踏ん張る。

俺がこのまま滑落でもして死んだら、自殺だと思われるだろうか。登山装備もなく山に登った愚か者だと嘲笑《あざわら》われるだろうか。小柳は山を登りながらそんなことを考えただろうか。

空が酷く眩しかった。ブナの枝先からこぼれ落ちた日差しが、朝彦の頬と胸で虹色に散った。赤と青の光が特に強かった。喪服の黒と、ワイシャツの白で、古事記の四色だった。

そういえば、真壁アルトからは三月の中旬に「無事芸大に受かりました！」というメッセージが届いた。東京藝大の正門の前で、大学ロゴの入った紙袋を誇らしげに抱えた写真つきだった。

栗花落からは、三月の終わりに「四月一日から大学に復帰します」という連絡があった。今頃、大学で授業をしている。彼女にはどうか研究者を続けてほしい。エドガー・アラン・ポーを追い求め続けてほしい。

自分は電車を降りたくせに、乗り続けている人間には「どうか降りないでくれ」と願ってしまう。

比賀の裁判は、そろそろ始まるだろうか。

比婆山の十合目であり、御陵の場所を示す杭が見えた。その先に、注連縄《しめなわ》を巻かれた石が横たわっている。藪の中で苔をまとい、天に向かって手を伸ばす巨木に囲まれている。

巨石のある一帯だけに、強く光が射していた。

――いつ来ても、あそこにだけ光が当たってるんだよな。

いつだったかのフィールドワークで、小柳がそう言っていた。額の汗を拭い、「伝承地は他にもあるが、ここは特別ありがたい感じがするんだよな」と笑った横顔を、悲しいくらい鮮やかに思い出した。

小柳は最後に、ここを見ただろうか。光は、やはり差していただろうか。

ゆっくり膝を折って、土の上に跪《ひざまず》いた。下界は夏の気配が迫っているのに、土の感触は硬く冷たい。冬の寒さを含んだままだった。

そっと手を合わせて、目を閉じた。暗闇に、巨石を照らす金色の日差しがずっと居座っている。その向こうによく知った人影が見えた気がした。

小柳の墓は、もちろん彼の故郷にある。四十九日の法要を済ませたら、両親が先祖代々続く墓に納骨するだろう。いずれ、彼らもその墓に入る。

それでもやはり、小柳の墓はここだと思った。

「僕も、半分はそちらに行ったようなもんです」

頭上で木の枝葉が歌うように鳴いた。半分になってしまった自分を再び満たすだけのものが、この世にあるのだろうか。満たされなくてもいいから、せめて補うくらいの何かがあるといい。

「好き」を道標に生きてきた。暗闇を進む灯火だった。この光のせいで生きていけないのだと気づいた。これを大事に抱えている限り、暗闇を歩き続けなければならない。消す日が来た。明かりを消して、この真っ暗闇を出て行く日が来た。

それほどまでのものに出会えた人生は、幸せだった。たとえ、今はそう言い聞かせることしかできなかったとしても。

目を開ける。時刻は昼近くのはずだが、一瞬だけ空の色が朝焼けのように淡く揺らいだ。

朝。新しい日々の始まり。夜闇に迷う人が待ち望むもの。それが俺の名前の由来。だが、研究者の俺に朝は来ない。だから朝がある場所に歩いていく。

それは、悲しいことでしょうか。

小柳になのか、この場所に眠るイザナミになのか、イザナミを黄泉の国へと迎えに行ったイザナギになのか、古事記を愛し、研究し、脈々とそれを受け継いできた数多《あまた》の研究者へなのか、朝彦は問いかけた。

登りは一時間半近くかかったのに、下りは一時間ほどでキャンプ場に辿り着いた。そのまま油木駅へ向かって山を下った。

比賀と多摩湖を越えて山道を歩いたことを思い出した。あのとき、自分は比賀に

〈見るなのタブー〉の話をした。

絶対に戻ってはいけない。前に向かうしかない。同じことを自分に言い聞かせながら、一度も振り返らず、山を下りた。

油木駅に辿り着いた頃には、午後三時近くになっていた。駅前に「さかい」という蕎麦屋の看板を見つけて、面白いくらい盛大に腹が鳴る。民宿で朝食を食べてから、スポーツドリンク以外何も口にしていなかった。

営業中の札が出ていたが、店には誰もいなかった。引き戸を開けた朝彦に、厨房にいた女性がぎょっと目を丸くした。

「いらっしゃいませ」

土まみれの喪服でやって来る見知らぬ客なんて、怪しいに決まっている。それでもにこやかに応対してくれたので、朝彦は遠慮なくテーブル席に着いた。五百四十円の天ぷら蕎麦を頼んだ。

厨房で白い湯気が上がるのをぼんやり眺めていたら、店のあちこちに本が置いてあることに気づいた。どうやら、比婆山周辺の郷土資料や民話、神話、登山ガイドを客のために置いているらしい。地元を舞台にした小説や漫画も並んでいた。

当然ながら、古事記関連の本が多かった。だが、あえて全く違う本を手に取った。随分と可愛いイラストの表紙だと思ったら、女子大生四人組が全国各地で昆虫採集をするという内容の漫画だった。

一話を読み終える頃、天ぷら蕎麦が運ばれてきた。

大振りな海老天が二本と、分厚いかまぼこと、優しい色合いのネギがのっていた。

「いただきます」

合掌してから箸を取った。自分で思っているよりずっと腹が減っていたようで、ずるずると蕎麦をすする音は甲高い。美味かった。出汁は甘く、海老天は身が引き締まっていて、嚙むと日の出のような精強な音がした。

伸びないうちに蕎麦を平らげ、海老天は尻尾まで残さず食べ、汁を飲み干した。丼の底には、川のような青い模様が走っていた。こをろこをろ……そんなオノマトペで表されそうな音が耳の奥でくすぶる。朝彦は慌てて丼をテーブルに置いた。

「ごちそうさまでした。すごく美味しかったです」

お冷やを注ぎに来てくれた店主らしき女性に告げると、彼女は目元と口周りの皺をにゅんと伸ばして「そう、ありがとう」と笑った。

背後に、古事記が見えた。

窓際の本棚に、古い古事記が並べられている。表紙が見えるようにブックスタンドに立てかけられ、客席に向かって堂々と胸を張っていた。

かなり古い。だって、和製本だ。色褪せた紺鼠色の表紙には白いシミが散り、綴じ紐は経年劣化と人間の手垢で真っ赤になっている。

大正か、明治か、下手したらそれ以上に古い。

例えば、江戸時代……寛永二十一年刊行のもの。

ゆっくり立ち上がったつもりだったのに、背後で椅子が豪快な音を立てて倒れた。店主が悲鳴を上げたが、構わず本棚に駆け寄った。

古事記だった。朝彦が何度も手に取り、汚さないよう、破かないよう、一ページずつ捲《めく》っては心が躍った、古事記だった。寛永二十一年に刊行され、古事記を愛し、研究してきた人間の手を渡り歩き、朝彦の元にやってきた。自分の指紋や皮膚片がこの本に残るのが、堪らなく誇らしかった。

小柳と共に黄泉の国へ行ったはずの古事記が、素知らぬ顔をしてたたずんでいた。遥か昔、古事記が編まれた時代からここにいるとでも言いたげな様子で。

その一巻を手に取り、捲る。ページを捲るごとに煮え立った頭が冷え、視界が冷静に文字を追う。間違いなく、小柳が持ち去った古事記だった。

「あの、これは」

恐る恐る、店主を振り返る。朝彦が倒した椅子を元に戻しながら、彼女は「ああ、それね」と目を細めた。

「去年の十月頃に来たお客さんが、置いていったの」

そうそう、あの人も、美味しそうにお蕎麦を食べてくれてね。ふふっと笑った店主の、白い前髪が揺れる。

「あの日は雨が降っててね、『本を濡らしたくないから置いていかせてほしい』と言って、そこに置いていったの。古い本だし、せっかくだからよく見えるように飾っておいたんだけど」

古事記に触れた指先が震えていた。震えは手の甲から肘のあたりまで伸びていく。

「あのお兄さん、『そのうち取りに来る人がいると思う』とも言ってたんだけど、それって、あなたのこと？」

本を濡らしたくないから置いていく。そのうち誰かが取りに来る。店主にそう伝えた小柳の姿が、ありありと浮かんだ。美味い蕎麦を腹一杯食べて、笑顔でこの古事記を残していった。

誰かが——朝彦がいつかここへやって来ると、信じて。

「それ、持って帰られますか？」

何と答えたのかわからなかった。頷いたのかもしれない。首を横に振ったかもしれない。だが、店主は全三巻の古事記を紙袋に丁重に詰めてくれた。

「どうぞ。長いことお預かりしちゃって、ごめんなさいね」

いいえ、いいんです。こちらこそすみません。ご迷惑をおかけしました。大事にしてくださってありがとうございます。お蕎麦、美味しかったです。今度は友達と来ます。お世話になった先生と来ます。そんなことを言った気がする。自分の言葉は、何もかも形にならなかった。

会計をして、お釣りを受け取って、店を出た。駅はすぐ側なのに、どう歩けばいいのかわからない。

小柳は自殺したのか、遭難の末に死んだのか。そんなことはもう、考えるつもりはなかった。少なくともあの人は、研究者としての自分を終わらせるために比婆山に登った。研究者としての小柳博士の死が、あの人の中で小柳博士そのものの死を意味したのかどうか、もう知る術《すべ》がない。

朝彦にわかるのは、小柳が最後まで研究者だったことだ。研究者として死んだということだけだ。自ら進んで黄泉の国へ行くなら、あの人は古事記と一緒に逝きたかったはずだ。それが彼の最後の願いで、この世に対する最後の反抗だったはずだ。

でも、彼は置いていった。最後の最後で「この古事記は失われてはいけない」と考えたのだろうか。最後の最後で、研究者として資料を守りたくなったのだろうか。

駅が近づいていた。誰かが背後で朝彦を呼んでいる。肩を叩かれている。それはきっと小柳ではなく、研究者として生きた瀬川朝彦そのものなのだと思う。

振り返りたい衝動に耐えきれなくなって、古事記の入った紙袋を胸に抱いた。

「ちゃんと、持って帰りますよ」

古事記を大学に持ち帰り、アカデミックの世界に戻す。貫地谷ゼミの後輩達はきっと、かつての朝彦や小柳のようにキラキラとした目でこの古事記をめくる。そして朝彦は、この古事記に別れを告げて去る。大学から、研究の場から、足を洗う。これが俺の、研究者としての最後の仕事だ。

荒れ狂っていた胸は、清々しいほど凪いでいた。小柳はこんな気分で夜行バスに乗り、広島駅から電車に揺られ、蕎麦を食べ、比婆山を登ったのかもしれない。

自分の喉の奥から、こをろこをろと音が聞こえた。

それを見計らったかのように、ポケットの中でスマホが鳴った。朝彦の体の中を撫で回すみたいに、ブーンブーンと震える。

電話に出ると、相手は朝彦の転職をサポートしてくれているキャリアアドバイザーだった。

「瀬川さん、先日面接を受けていただいた編集プロダクションからたった今連絡がありまして、ぜひ瀬川さんを採用したいとのことです」

おめでとうございます、とキャリアアドバイザーは告げた。

「先方の人事担当者が、瀬川さんのポスドクとしての経歴をとても評価してくださいました。学習参考書や試験問題の作成を行う会社ですし、きっと瀬川さんにとってもいい転職になると思います」

話を聞いているうちに、背後から聞こえていた恨めしい声は消えた。こをろこをろという音すら、跡形もなく消えていた。

潤んでぼやけていた視界は、いつの間にか乾いて鮮明になっていた。

眩しいほどに、午後の空が澄んで見えた。

「はい、ありがとうございます。すぐにでも働きたいと、先方に伝えてください」

根気よくアドバイスをしてくれたキャリアアドバイザーにも礼を言い、電話を切った。大きく息を吸うと、舌先にピリッとした辛さを感じた。でも、甘くもあった。苦くもあった。ここからの日々は、こんなふうに過ぎ去っていくのだろう。

振り返らず、駅に向かった。時刻表を確認すると、備後落合駅へ行く電車があと一時間ほどで来るようだ。時間はかかるだろうが、夜には広島駅に着ける。

そう決心して、電車に乗った。乗り換えのために途中の駅で下車した頃には、すっかり陽が傾いていた。

広島行きの電車の中は、夕陽で満ちていた。大きな欠伸を一つして、朝彦は静かに目を閉じた。広島に着いたら、お好み焼きか牡蠣でも食べに行こう。

明日、東京へ帰ろう。

本書は書き下ろしです。

額賀 澪（ぬかが・みお）

一九九〇年、茨城県生まれ。日本大学芸術学部文芸学科卒業後、広告代理店に勤務。二〇一五年『ヒトリコ』で小学館文庫小説賞を、『ウインドノーツ』（単行本改題『屋上のウインドノーツ』）で松本清張賞を受賞。その他の著書に『さよならクリームソーダ』『風に恋う』『拝啓、本が売れません』『転職の魔王様』『モノクロの夏に帰る』『タスキメシ 五輪』など多数。

青春《せいしゅん》をクビになって

二〇二三年九月十日　第一刷発行

著者　額賀《ぬかが》 澪《みお》

発行者　花田朋子

発行所　株式会社 文藝春秋

〒一〇二-八〇〇八
東京都千代田区紀尾井町三-二三
☎〇三-三二六五-一二一一

印刷・製本　大日本印刷

組版　萩原印刷

　ISBN978-4-16-391746-7

文春文庫 額賀澪の本

『風に恋う』

かつての輝きを懐かしむ
すべての大人たち、
部活動に青春をささげる
すべての中高生の胸に、
リアルな言葉が突き刺さる
王道青春エンタメ小説！

かつては全国大会金賞、マスコミにも頻繁に取り上げられた、名門高校吹奏楽部。幼馴染の基（もとき）と玲於奈（れおな）は入部したものの、現在の部に栄光はどこにもない。そこへ、黄金時代の部長だったレジェンド・瑛太郎がコーチとして戻ってきて、あろうことか3年生たちを差し置いて、1年生の基を部長に指名する。

選抜オーディション、受験との両立。嫉妬とプライド渦巻く部で孤立する新入生男子の部長は果たして、全国大会開催地・名古屋国際へ行くことができるのか——。

『さよならクリームソーダ』

美大生たちが過ごす、瑞々しくも痛切な青春の日々

美大に入学したての友親は、知り合った先輩の若菜と親交を深めるうちに、自らのなかにある問題に向き合うことになる。一方、若菜も心に傷と秘密を抱えていて……。友親の前に現れた少女・恭子は何を知っているのか。かつての悲恋、家族との軋轢、才能への渇望と絶望——若者の痛みとその再生を描く青春小説。